D1663497

Der Kunststudent Damien Hirst konserviert tote Schnaken. Entdeckt wird er vom Werbetycoon Charles Saatchie. Dieser fordert großformatige Werke. Hirst sucht Hilfe beim Leichenpräparator Gunther von Hagens. Ein Sportangler fängt derweil einen Tigerhai und schickt den Kadaver nach London. In Singapur überzeugt Sanusi Lamido den depressiven Milliardär Aloysius Tong davon, moderne Kunst zu sammeln. Mit Erfolg: Tong wird ein glücklicher Kunstsammler, kauft den präparierten Hai und stellt ihn in sein Büro. In der Folge steigen seine Umsätze. Doch bald beginnt der Fisch zu faulen. Nachbarn prozessieren wegen Geruchsbelästigung. Doch der fanatische Kunstsammler gewinnt alle Prozesse. 500 Jahre später entdeckt man eine geheimnisvolle Heilquelle ...

Der Autor, Musiker, Künstler und Missverständniswissenschaftler *Wolfgang Müller*, geboren 1957 in Wolfsburg, lebt in Berlin, Reykjavík und anderswo. Mit Nikolaus Utermöhlen (1958–1996) findet er *Die Tödliche Doris* und ist die einzige, heute (2011) noch lebende Dauerschleifspur dieses Post-Punkgetriebes. Im Jahr 2009 erhält sein Audiowerk *Séance Vocibus Avium* den Karl-Sczuka-Preis. Wolfgang Müller unterrichtet, performt und stellt aus in Dresden, Hamburg, Wien, Paris, Reykjavík, Montreal, Los Angeles, Tokio, Minsk und Küblis-Dalvazza.

Bücher u.a.: »Geniale Dilletanten« (Hg.), »Blue Tit – Das deutsch/isländische Blaumeisenbuch«, »Die Elfe im Schlafsack«, »Neues von der Elfenfront«. Zuletzt erschien: »Valeska Gert. Ästhetik der Präsenzen«. www.wolfgangmueller.net

Wolfgang Müller

Kosmas

Mit Zeichnungen von Max Müller

VERBRECHER VERLAG

Erste Auflage
Verbrecher Verlag Berlin 2011
www.verbrecherei.de

© Verbrecher Verlag 2011
Einbandentwurf: Sarah Lamparter
Lektorat: Doris Formanek
Satz: Christian Walter

ISBN: 978-3-940426-70-3
Printed in Germany

Der Verlag dankt Lisa Ihle und Angela Iacenda.

Zum Geleit

Die Gewichtungen sind zur Zeit derart aus der Balance geraten, dass ich dieser allgemeinen Disharmonie noch eine weitere zufügen möchte. Nicht etwa, um das Chaos zu vergrößern oder die Balance wiederherzustellen, sondern um Grundsätzliches zu untersuchen: Die einzelnen Gewichte, aus denen sich dieses Chaos konstituiert, sollen in ihrer gegenseitigen *affektiven Relationalität* untersucht werden. So stellt sich die Frage: Wie funktioniert der Mensch als Wahrnehmungswesen?

In *Kosmas* erlaube ich mir deshalb, Kleinteiliges und Mikrokosmisches neben Gigantisches und Universelles zu stellen, Lokales neben Globales, Echtes neben Künstliches, Wahres neben Unwahres, Privates neben Öffentliches, Organisches neben Anorganisches, Festes neben Weiches. Durch diese Gegenüberstellungen und gleichzeitigen Verschränkungen entstehen Räume. Und genau in diesen formt sich eine Gestalt, die mich fasziniert. Eine Gestalt, die eine Ästhetik der Präsenzen konstituiert.

Sämtliche Persönlichkeiten der folgenden Geschichte sind frei erfunden. Die Namen einiger Personen stammen aus Massen-E-Mails, die Adressaten in betrügerischer Absicht hohe Profite versprechen. Zudem kommen die Namen zeitgenössischer, derzeit sehr prominenter Künstler, Kunstmanager, Kunstjournalisten und Galeristen vor. Es handelt sich dabei jedoch weder um diese Personen selbst, noch um ihr familiäres oder berufliches Umfeld, noch um mit ihnen verbundene authentische Ereignisse. Die Ereignisse und Beschreibungen in Kosmas basieren nicht auf Fakten oder Tatsachen, keinesfalls! Im Gegenteil – sie entspringen lediglich den Eingebungen, Hirngespinsten, Phantasien oder Wahnvorstellungen des Autors, der deshalb hiermit – in vollem Bewusstseins seines augenblicklich klaren Verstandes – jede persönliche Verantwortung für aus Kosmas entstehende Missverständnisse Dritter ausdrücklich ablehnt.

Für Kosmas interpretierte Max Müller im Roman vorkommende Kunstwerke, beziehungsweise Gebrauchs- und Lehrgegenstände in Form von Federzeichnungen.

Singapur

Tong Fatt Kee wurde 1934 in Singapur als Sohn des Tagelöhners Wing Kin Kee und seiner Frau, der Köchin Hua Lan Lan geboren. Nach dem Abschluss der Grundschule arbeitete Tong Fatt Kee zunächst als Verkaufshilfe im Fachgeschäft *Joy & Fun-Electric*. Einen Teil der Einkünfte gab er am Monatsende seinen Eltern. Seine Mutter und sein Vater stammten ursprünglich aus Malaysia, von wo aus sie im Alter von vierzehn Jahren eingewandert waren. Tong Fatt Kee legte den Rest seines Verdienstes, etwa vierzig Prozent, auf die hohe Kante. Mit dem Ersparten eröffnete er 1964 ein 22 Quadratmeter großes Geschäft für Elektrogeräte und Haushaltsbedarf. Es lag in einer unbelebten Nebenstraße der Lin May Weng Road. Zunächst lief der Verkauf der Waren nur schleppend. Doch Tong Fatt Kee gab nicht auf. Ständig erweiterte er das Sortiment und erfüllte bereitwillig alle Wünsche seiner Kunden nach ausgefallenen Produkten. In der Folge wucherte der Laden mit seltenen Spezialgeräten regelrecht zu. Alle, die in Singapur auf der Suche nach besonders umständlich zu beschaffenden Elektroteilen, exotischen Steckdosen aus dem Ausland, ungewöhnlichen Kabeln oder anderem Spezialzubehör waren, gingen zu *Tong-Fatt-Kee-Electro-Fun*. Bald war der Laden kein Geheimtipp mehr. Kunden kamen selbst aus Malaysia, Brunei und Indonesien. Irgendwann platzte *Tong-Fatt-Kee-Electro-Fun* aus allen Nähten. Geschäftsinhaber

Tong Fatt Kee mietete nun ein leerstehendes Kino im noblen Ragoon-Chan-Ko-Bezirk und spezialisierte sich auf den Verkauf von Klimaanlagen. Im Boom der 70er Jahre machte Tong Fatt Kee damit ein Vermögen. Zur Entspannung ging der strebsame Unternehmer an den Wochenenden mit Geschäftspartnern zum Pferderennen oder spielte Mah Jong im Clubhaus der *Tong Clan Association*. Hier feierte er nach Ladenschluss feuchtfröhlich weiter und stieß gern mit französischem Cognac an. Den Nightclub *Little Pretty Horse* schätzte er besonders. Dieser Club lag nur einen Straßenzug entfernt von seiner Firma, der TONG FATT KEE Pte. Ltd. Er war sehr lange, bis halb fünf Uhr morgens geöffnet. Das *Little Pretty Horse* hatte eine sogenannte Sondergenehmigung für den Spätausschank verliehen bekommen, nicht zuletzt Dank Ton Fatt Kees guten Kontakten zu hochrangigen Mitarbeitern der Konzessionsbehörde. Gern zeigte sich die Chefin des *Little Pretty Horse* von ihrer großzügigen Seite, wenn der Stammgast ihr Lokal betrat.

Seine Frau Chan May May hatte Tong Fatt Kee beim Pferdewetten kennengelernt. Sie ging dort regelmäßig mit ihrem Vater hin, dem alten, an Gicht leidenden Nam Xin Lee. Doch Chan May May verabscheute die Spielhallen und Wettbüros der Unterwelt Singapurs. Sie liebte den Botanischen Garten, die süßen Düfte bizarrer Orchideen und die Gestalt grotesk anmutender Karnivoren. Für ihren Vater zählten allerdings die Ausflüge in die Unterwelt zu den Höhepunkten seines ansonsten rituell organisierten Alltags. Spürbar hoben sie seine Stimmung. Zwei Jahrzehnte zuvor hatte der ehemalige Kautschukplantagenbesitzer Nam Xin Lee einen Zug aus dem benachbarten Malaysia genommen und war mit seiner Frau Jiang Kaihui in Singapur gelandet. Sein Lieblingswettclub trug den Namen *Beauty World*. May Mays Mutter hatte sich schon bald nach der Ankunft in Singapur in Xao Meng Aurel, einen alt-eingesessenen, hoch angesehenen Einwohner des Stadtstaates verliebt und umgehend ihren Mann verlassen. Mit dem neuen Liebhaber zog die Mutter bei erstbester Gelegenheit ins Ausland. Fortan lebte sie in Hongkong. Oft wohnte sie aber auch in Sydney und New York. In all diesen Städten besaß Xao Meng Aurel wunderschöne Eigentumswohnungen, die er als Zweitwohnsitz oder Ferienwohnung nutzte. Xao Meng Aurel war Immobilienmakler, einer der erfolgreichsten des Stadtstaates. Die Mutter hielt zunächst einmal in der Woche telefonischen Kontakt zu ihrer Tochter. Doch die Abstände zwischen den Anrufen wurden größer. Irgendwann brach die Verbindung zwischen Mutter und Tochter völlig ab. Zu ihrem Ex-Ehemann pflegte die Mutter eh keinen Kontakt. Auch diesem schien es irgendwie ganz recht zu sein. Seine Freunde wunderten sich darüber sehr und mussten feststellen: Nicht jeder verlassene Mensch verkümmert oder wird automatisch zu einem Häufchen Elend, im Gegenteil: Manch einer oder eine blüht sogar erst richtig auf. Jedes Wochenende verspielte Nam Xin Lee jedenfalls mit Pferdewetten seine karge Pension. Tochter Chan May May langweilte sich sehr in der betriebsamen Atmosphäre der Wettlokale. Eines Tages, sie waren gerade im *Yichang-Club*, Chan May May nippte an den letzten Tröpfchen eines Cognacs, fiel ihr Blick auf einen jungen Mann. Er stand ein paar Meter entfernt. Sofort fing er ihren Blick ein und rief wie aus der Pistole geschossen: »Exzellent! Eine gute Wahl. Das ist wirklich ein besonders guter französischer Cognac.« Es war Tong Fatt Kee. Mit der

Miene eines Cognacexperten versuchte Tong die peinliche Situation zu seinen Gunsten zu wenden. Natürlich wusste er, dass seine allzu direkte Kontaktaufnahme weder beeindrucken konnte noch besonders originell war. Im Grunde war sie hochpeinlich. Außerdem galt der Cognac, den sich Chan May May einschenken ließ, unter Experten eher als mittelmäßig. Aber allmählich schien die Zeit reif zu sein, eine Familie zu gründen. Seine Mutter hatte große Angst vor Erbkrankheiten und ihm geraten, jede kerngesund aussehende Frau anzusprechen: »Wenn sie dazu eine gewisse Ausstrahlung hat, wäre es umso besser!« Und, da war er sich sofort sicher, diese unbekannte Frau strahlte aus. Auf jeden Fall sah sie ziemlich gut aus und sehr gesund dazu. Die Fremde musterte den unscheinbaren, etwas schlaksigen Mann, fragte nach seinem Wohnort, seinem Beruf und schon ein paar Wochen später heirateten Tong Fatt Kee und Chan May May. Der Vater der Braut, Nam Xin Kee schenkte dem Paar einen antiken Vogelbauer mit einem unablässig *Tätä-täta-tätä* rufenden Zebrafinkenpärchen. Noch am Abend verschwand er. Angeblich zog er nach Malaysia, an die Ostküste und gründete dort eine neue Familie. Als er Jahre später an den Folgen eines tropischen Zeckenbisses starb, erhielt Chan May May von seiner zweiten Ehefrau einen kurzen Brief. Auf dem beiliegenden Foto hatte ihr Vater seinen Arm um die Schulter einer unbekannten Frau geschlungen. Rechts und links schmiegten sich zwei etwa fünfjährige Mädchen an sie. Sie hätten Zwillinge sein können. Das Familienensemble stand in einem Garten, umgeben von rotblühendem Hibiskus. Seine Tochter Chan May May war sehr betrübt und weinte viel. Kurze Zeit, nachdem sie den Brief erhalten hatte, wurde sie schwanger. Sie vergaß, der unbekannten Frau zu antworten, und das Lächeln kehrte allmählich wieder auf ihr Gesicht zurück.

Das Omen

Chan May Mays Schwangerschaft verlief problemlos. Ihr Kind Aloysius Tong wurde 1965 geboren. Er blieb das einzige Kind aus ihrer Beziehung. Doch was damals niemand auch nur ahnte: Ihr Sohn Aloysius würde einst enormen Einfluss auf die Kulturgeschichte der Menschheit haben. In unvorstellbar ferner Zeit, in etwa fünfhundert Jahren, würde sein ästhetisches Urteil die Kunstgeschichte völlig umschreiben. Aloysius Tongs weltanschauliche Motive würden enormen Einfluss auf bedeutendste Persönlichkeiten noch in späteren Jahrhunderten haben. Sicher mehr indirekt. Aber waren Jesus Christus, Lenin, Buddha, Mao, Freud oder Mohammed nicht letztlich auch nur personifizierte Zündfunken sich abzeichnender großer Veränderungen und Umwälzungen?

Aloysius

Chan May May und Tong Fatt Kee strahlten vor Freude über die Geburt ihres Kindes. Aloysius wuchs wohlbehütet auf, es mangelte ihm an nichts. Er machte keine Probleme und entwickelte sich normal. Bereits bei seinen Kindergärtnern und Grundschullehrern galt er als hochintelligent. Als er dreizehn war, schickten ihn die stolzen Eltern auf eine der besten Privatschulen des Landes, das Xia Qimei-Gymnasium. Benannt war es übrigens nach einem bedeutenden chinesischen Naturwissenschaftler, der in Saigon die Theorie der sogenannten kosmischen Superteile entwickelt hatte.[1] Bei den Mitschülern war Aloysius aufgrund seines freundlichen und hilfsbereiten Wesens sehr beliebt. Die Lehrer rühmten seinen Fleiß und sein vorbildliches soziales Verhalten. Doch nach einiger Zeit änderte sich all das. Aloysius wirkte fahrig und unkonzentriert, seine schulischen Leistungen schwankten erheblich. Mit Mühe und Not schaffte er seine Abschlussprüfung. Die National University of Singapore zeigte sich kaum an dem Schüler interessiert. Sie lehnte ihn trotz inständiger Bitten seiner Eltern ab. Für die folgende kaufmännische Ausbildung zeigte Aloysius wenig Interesse. Gern trieb er sich herum, in Discos und zweifelhaften Lokalen der Mohamed Sultan Road, also nicht unbedingt an den Orten, an denen ihn sein Vater und seine Mutter gern gesehen hätten. Als er 1986 einundzwanzig Jahre alt wurde, war die Ehe seiner Eltern endgültig zerrüttet. Immer öfter saß Vater Tong Fatt Kee in der kleinen, heruntergekommenen *Red Lilies Lounge,* wo er einen Martell nach dem anderen kippte. »Es wird heute etwas später. Ich habe noch eine wichtige Geschäftsbesprechung«, lallte er am Telefon. Er merkte nicht einmal, dass seine Zunge schwer geworden war. Chan May May wusste natürlich um die Lügen ihres Mannes und langweilte sich sehr in der geschmackvoll eingerichteten Wohnung. Um ihre Langeweile zu vertreiben, telefonierte sie mit alten Freundinnen, oft stundenlang. Sie löste Kreuzworträtsel, sah Fernsehserien aus Malaysia, Kung-Fu-Filme aus den USA, schmachtvolle Seifenopern aus Hongkong, die Krimiserie Derrick aus Deutschland und griff dabei gelegentlich in die Cognac-Bar ihres Mannes. Bald schon kannte sie alle Marken in- und auswendig, vom Geruch, der Farbe und vom Aroma. Ihr Gatte hatte nämlich im Laufe der Jahre eine

---

1 Xia-Meng-Hooi (1922–1997). Wurde von einem drogensüchtigen Callboy in Bremen während eines Wissenschaftskongresses im Hotel mit einem Ledergürtel brutal erwürgt.

riesige Cognacsammlung zusammengebracht, die größte des Stadt-staates, vielleicht sogar die größte des asiatischen Kontinents. Die meisten Flaschen waren Geschenke von Geschäftspartnern und Freunden der Familie. Schnell hatte sich in der Geschäftswelt das Faible des Unternehmers für seltene Cognacmarken herumgespro-chen. »Wer zu Tong geht, vergisst die Flasche nicht« wurde zum geflügelten Wort für Geschäftsleute – auch außerhalb seines Freun-des- und Bekanntenkreises. Wichtige Kunden und Businesspartner überraschten den Unternehmer gern mit besonders ausgefallenen Marken. Andere Seltenheiten erwarb der Klimaanlagenmultimillio-när auf Versteigerungen und bei Insolvenzen.

Eines Tages, es war im Monat Februar, stolperte Tong Fatt Kee wie üblich angetrunken nach Hause. Als er sich auf das Sofa warf, entdeckte er mit einem Mal, dass der *Chateaux de Mirabelle* so gut wie leer war. Ausgerechnet der unglaublich seltene und unbe-zahlbare *Chateau de Mirabelle,* Jahrgang 1947 – ein Geschenk des Direktors der niederländischen Bosch-Niederlassung. Sein teuers-tes Sammlerstück, unersetzlich, extrem rar. Weltweit existierten davon überhaupt nur zwei Exemplare! Und nun offensichtlich nur noch ein einziges, irgendwo anders. Tong Fatt Kee wurde schlagar-tig nüchtern, riss die Tür zur Küche auf. Angeregt sprudelnde Stim-men zweier Frauen erklangen. Chan May May plauderte munter mit ihrer besten Freundin. Überrascht sahen die Frauen Tong Fatt Kees entgeistertes, fahles Gesicht. »Wo-ist-der-Cha-teaux-de-Mi-ra-belle?«, brüllte er und knallte ohne eine Antwort abzuwarten, die Tür zu. In der Folge entwickelte sich ein heftiger Streit zwi-schen den Eheleuten. Auf Zehenspitzen verließ Chan May Mays Freundin das Apartment, in dem irgendwann eine leere Flasche

Chateaux de Mirabelle durch den Raum wirbelte. Sie zerschellte an der Wand, direkt neben dem Foto des amtierenden Staatspräsidenten. Chan May May sagte einfach: »Glück im Unglück.« Eine Bemerkung, die einen unkontrollierten Tobsuchtsanfall ihres Gemahls zur Folge hatte.

Wegen anhaltender Übelkeit wurde Tong Fatt Kee eine Woche darauf ins luxuriöse Alexandra-Krankenhaus eingeliefert. Um sein Bett ein Blumenmeer, unzählige bunte Blumen entfalteten betörende Düfte. Sie standen in Vasen, an denen kleine Kärtchen mit Genesungswünschen hingen. Tong Fatt Kees Atem wurde schwerer und schwerer. Sein letzter Blick ging in Richtung des halbaufgekippten Fensters. Dort spiegelte sich das Glitzern des Meeres, welches direkt an das Hospital reichte. In Tong Fatt Kees Ohren verebbte allmählich das Rauschen der Wellen, die Düfte der Blumen wurden schwächer. Sein Tod war ein Schock für alle, die ihn persönlich kannten. Damit hatte niemand gerechnet. Nun ja, vielleicht nicht ganz. Um aufrichtig zu sein, schien sein frühes Ableben, nachträglich betrachtet, nicht völlig überraschend gekommen zu sein. Zum Glück konnten die Angehörigen die Todesursache durch gute Kontakte zum behandelnden Arzt etwas modifizieren lassen. »Herzstillstand« vermerkte der Totenschein. Das Wort »Leberzirrhose« wäre ein Skandal gewesen und hätte seine Gattin bloßgestellt, aber auch die Zukunft des Sohnes ernsthaft belastet. Ton Fatt Kees Witwe schluchzte laut und hemmungslos, fasste sich jedoch recht schnell. Nur eine Woche nach der Beerdigung löste Chan May May die gemeinsame Wohnung auf und zog in ein Apartment des französischen Viertels, dem Bonheur Aux-Joie. Ihre ganze Aufmerksamkeit und Zuneigung richtete sie nun auf ihren Sohn, das einzige Kind aus ihrer, rückblickend betrachtet, doch als eher unglücklich zu bezeichnenden Ehe. Aloysius Verhaltensauffälligkeiten, unter denen er in der Schule gelitten hatte, verschwanden schlagartig. Für Chan May May war klar, dass ihr gemeinsamer Sohn die Geschäfte seines Vaters zügig übernehmen sollte. Gerade war er dreißig Jahre alt geworden. Trotzdem hatte er noch immer keine Freundin. Die Mutter befürchtete, er könnte impotent sein oder homosexuelle Neigungen haben. Eine Befürchtung, die allerdings jeder Grundlage entbehrte. Hinter seinem Bett steckte ein Stapel alter, abgegriffener Pornohefte. Sie trugen Titel wie »Willige Hupen im Sex-Rausch« und »Rasierte Luder besorgen es Dir«. Beim Aufräumen seines Regals fiel der leicht irritierten Mutter das Video »Geile Fesselspiele mit Angelique« entgegen. Alles lag also im gewohnten Bereich. Was die Mutter nie erfuhr: Aloysius hatte auch schon mal mit seinem Schulfreund Ming geknutscht – es ging ziemlich weit – aber zum Äußersten war es wohl trotzdem nicht gekommen. Als seine Mutter ihm jedenfalls die Aufgabe zur Leitung des Unternehmens antrug, stürzte er sich voller Elan in die neue Arbeit. Er hatte nur darauf gewartet, richtig loszulegen. Die alten, abgegriffenen Sexhefte warf er weg. Nun konnte er sich endlich neue kaufen.

Tigerhai

Im Jahr 1979 war er aus seiner Hülle geschlüpft. Nur wenige Zentimeter maß der Fisch. Beständig wuchs er und durchpflügte mit offenem Maul die klaren Gewässer um Tasmanien nach Essbarem. Nun, der Tigerhai war etwa zwölf Jahre alt, maß er bereits vier

Meter zwanzig. Die tigerartige Maserung, die bei Jungtieren noch deutlich ausgeprägt ist, war längst verblasst. Den Tag verbrachte der gewaltige Raubfisch in einer zerklüfteten Meerestiefe. Zwischen rosafarbenen Riesenkraken, knalllila Seeanemonen und grünen Schwertfischen schwebte er lautlos umher. Nachts ließ er sich von der Strömung neugierig an die Küste des australischen Kontinents tragen. Die Gesellschaft anderer Haie schien er dagegen nicht zu suchen. Genaugenommen war der Tigerhai ein Weibchen, eine Sie. Auf ihren einsamen Exkursionen knackte sie mit ihren starken Zähnen die Panzer von Meeresschildkröten, vertilgte große Barsche, zerfetzte Seehunde und zog hin und wieder einen arglos auf dem Wasser rastenden Albatros in die Tiefe. Daneben verspeiste sie Plastiktüten, Holzstücke und andere Objekte, die das Meer sinn- und ziellos herumwirbelte. Meist schied sie diese wieder aus, nur ein paar sperrige Gegenstände verblieben in ihrem Magen. Einen Menschen hatte sie bisher nicht attackiert, obwohl sie dazu durchaus in der Lage gewesen wäre. In ihrer flachen Schnauze blitzten lange Reihen unzähliger, spitzer Zähne. Jene, die von Zeit zu Zeit abbrachen, wurden durch neue ersetzt. Ihre Zähne wuchsen beständig nach. Im Grunde ein Alptraum – nicht nur für Zahnärzte.

Eines Tages meldete das sensorische System des Tigerhaiweibchens das Vorkommen eines gewaltigen Fleischklumpens, nur wenige Meilen von ihm entfernt. Eilig schwamm sie los und öffnete, als der Blutgeschmack intensiver wurde, sofort ihr riesiges Maul. In der aufstiebenden Blutwolke spürte sie eine wohlige Masse aus Blut, Schleim, faulem Fleisch, Knorpel und Knochen. Gierig schlang sie den Klumpen herunter. Plötzlich spürte sie einen harten Stachel. Mit einem Ruck verhakte er sich fest im Gaumen: ein großer krummer Stahlnagel. Von außen zog eine dünne Schnur an diesem Nagel, stundenlang. Energisch wehrte sie sich. Es zerrte und zog sie hin und her. Nach langem Kampf schwand allmählich ihre Kraft. Der massige Körper des Tieres landete auf dem Boot eines Immobilienmaklers aus Perth. Das Tigerhaiweibchen war noch völlig benommen und stieß heftig um sich, als eine Injektion Nerven und Muskeln lähmte. Es war gegen halb drei nachmittags. Die grelle australische Sonne schien auf die feuchten Kiemen des gewaltigen Fisches. Ein Prachtexemplar von Tigerhai.

Gary Bright

Gary Brights Traum war in Erfüllung gegangen. Überglücklich strahlte der begeisterte Sportfischer. Schon immer hatte er davon geträumt, einen Tigerhai mit eigener Kraft aus dem Meer zu ziehen. »Der Tigerhai gehört zu meiner Familie!«, scherzte er gern mit seinen Kumpels in der Stammkneipe, »Ich bin sein Onkel, sein nächster Verwandter, der Immobilienhai!« Anschließend lachte er so schallend, das immer etliche Gäste genervt aufstöhnten, den Mund verzogen oder die Augen verdrehten. Da er aber nie vergaß, ein großzügiges Trinkgeld zu geben und auch oft mit Lokalrunden um sich schmiss, war er insgesamt sehr beliebt. Jedenfalls brauchte er nicht zu fürchten, irgendwann Hausverbot zu erhalten.

Normalerweise werden die von Sportlern geangelten Haie auf dem Müll entsorgt, manchmal aber auch für Sammler und Naturkundemuseen präpariert. Letzteres beabsichtigte auch Gary Bright. Deshalb hatte er sich ein starkes Gift besorgt, um durch eine Injektion das lebendige Tier schnell ruhig zu stellen. Es sollte sich an

Deck nicht selbst verletzen. Da Gary Bright aber bereits viele andere Tierpräparate von seinen Afrika-, Südamerika- und Arktisexpeditionen mitgebracht und damit die Wände seiner Villa geschmückt hatte – Köpfe von Tukanen, Nashörnern, Walrössern, Elefanten, ganze Eisbären, Jaguare, Pinguine und Löwen hingen kunterbunt einer am anderen – blieb kaum noch Platz für weitere Präparate. Dazu kam ein schon länger schwelender Streit mit seiner Frau. Seit etwa einem Jahr war Florence Bright Mitglied der radikalen Tierschutzorganisation *Peta*. Seitdem weigerte sie sich strikt, das Mittagessen ins Speisezimmer zu tragen oder sich auch nur kurze Zeit im Wohn- oder Speisezimmer aufzuhalten. Überall hingen die Köpfe und Geweihe an den Wänden, sogar im Flur. Der Kronleuchter im Wohnzimmer bestand aus einem Dutzend Nashornhörnern, in deren Spitzen kleine, ständig blitzende Glühbirnen eingelassen waren. Hatte die Ehefrau von Gary Bright diese Lampe früher noch als wahnsinnig witzig und unglaublich originell bezeichnet, so empfand sie diese nun als widerwärtig und brutal. Seit ihrem Kontakt mit *Peta* kochte Florence Bright nur noch Vegetarisches: Veggi-Burger, Tofuwürstchen, Dinkel-Steak und jeden dritten Tag Vollkornspaghetti mit Sojakeimen. Selbst ihre früher heiß geliebten Kosmetika waren spurlos aus dem Bad verschwunden. An deren Stelle fand sich nun das gesamte *Weleda*-Sortiment und eine Anzahl extrem teurer Naturcremes einer obskuren Öko-Sekte. Der plötzliche, unvermittelte Gesinnungswandel traf ihren Gatten schwer, zumal er seine Frau nach wie vor abgöttisch liebte. Für seinen Angelsport, bemerkte er nun, habe ihr allerdings schon vorher jedes Verständnis gefehlt. »Warum soll ich mir die Leichen sinnlos Ermordeter anschauen?«, sagte sie tonlos und ging mit einem Ruck aus dem Gästezimmer. Der teure Nerz, den er ihr erst vor einigen Monaten für eine Urlaubsreise nach Norwegen gekauft hatte, hing unberührt im Schrank. Für Gary war das alles sehr enttäuschend. Er versuchte immer wieder, seine Ehefrau trotz der Differenzen, die zwischen ihnen entstanden waren, aufzulockern. Ihre neu entdeckte Leidenschaft für die geschundene tierische Kreatur empfand er als maßlos übertrieben, als unvernünftig, ja, zuweilen fast als fanatisch – zumal sie früher beim Anblick jeder zufällig ins Haus gelangten winzigen Fliege, Motte oder Schabe jedes der fünfzehn Villenzimmer äußerst großzügig mit chemischen, hochwirksamen Insektengiften wie DDT besprüht hatte. Die drei hübschen, seltenen Orangenbauchsittiche, die jeden Tag in den Garten flogen, kippten tot vom Baum – vergiftet. Und nun diese Kehrtwende um hundertundachtzig Grad. Gary Bright versuchte, mit seiner Ansicht nach überzeugenden Argumenten, den Eifer seiner Frau zu bremsen: »Florence! Die Norweger essen seit Jahrhunderten Wal. Das ist bei denen eine ganz alte Tradition! Und die Eskimos essen Wal natürlich auch und Seehund dazu«, und setzte nach: »Sollen die da oben vielleicht Orangen, Bananen und Kiwis kultivieren?« Doch Florence Bright lachte nur geringschätzig und winkte ab: »Auch in Grönland gibt es inzwischen genügend Supermärkte mit frischem Obst und Gemüse. Heutzutage ist kein Inuit mehr gezwungen, Wal oder Seehund zu essen!« Gary Bright wollte noch etwas erwidern, vergebens. Bevor er den Mund aufbekam, schüttelte Florence bereits mit dem Kopf: »Übrigens – der Vertreter unserer Organisation in Nuuk heißt Ole Baumgården und ist selber ein Inuit.« Florence verließ mit einem Ruck das Zimmer. Durch die wöchentlichen *Peta*-Seminare war sie bestens geschult.

Inzwischen verglich sie die Batteriehaltung von Hühnern mit dem Holocaust und die Käfigzucht von Nerzen mit dem illegalen Handel von menschlichen Organen in Pakistan.

Charles Saatchi

Andächtig senkte er seinen Löffel in den engen Hals des Joghurtbechers. Es war sein genialster Coup. Die weiträumige Etablierung dieses dünnflüssigen, mit viel Süßstoff und Geschmacksverstärkern versetzten Joghurts auf dem Weltmarkt war sein Meisterwerk gewesen. Lange hatte der Werbemogul mit dem Image des Produktes gespielt. Allein die Entwicklung des Namens hatte Unsummen verschlungen. Hunderte von Umfragen durch renommierte Meinungsforschungsinstitute wurden in Auftrag gegeben, bis endlich allen Experten klar war, dass die Konsumenten mit dem Wort »Acti« die Begriffe »Aktivität«, aber gleichzeitig auch »Nackt« und »Akt« und »Arzt« assoziierten. Das »Wel« dagegen milderte die medizinische Konnotierung etwas ab, »›Wel‹ klingt vollmundig, sättigend und irgendwie positiv – wie die anthroposophische Kosmetikmarke *Weleda*. So leicht nach oben geschwungen, hahaha.« Zufrieden lachte Prof. Dr. Pinkett Griffin, Leiter des einflussreichsten Meinungsforschungsinstituts Europas, der *Inc-Cop. GmbH & Co. KG* und zeigte dabei seine gelben Zähne. Charles Saatchi galt als Perfektionist, völlig zu Recht. Tausendmal hatte er den Auftrag erteilt, das Design der Fläschchen zu ändern – für den süßen Dünnpfiff. So jedenfalls durften die engsten Freunde und Mitarbeiter das teure Milchprodukt in seiner Gegenwart nennen, ausnahmsweise. Ja, über die Redewendung »sweet shit« war Charles Saatchi keineswegs verstimmt, im Gegenteil. Er fand es durchaus komisch. Sehr wichtig war ihm bei der Entwicklung der Joghurtmarke *Actiwel* neben dem Geschmack auch das Outfit des Produktes gewesen. Über Jahre hatte er Werbekampagnen von talentierten Produktmanagern und hochbegabten Grafikdesignern entwickeln lassen. Diese waren dafür bekannt, für an sich unnötige Konsumartikel großartige, erfolgreiche Strategien entworfen zu haben. Ihre ausgeklügelte Werbekampagne für den Joghurt erwies sich als überaus fruchtbar. Irgendwann hielten die Konsumenten *Actiwel* nicht mehr für ein ganz gewöhnliches Lebensmittel, sondern für ein überlebenswichtiges, die Immunkräfte enorm stärkendes Medikament. Über die Medien waren die Konsumenten inzwischen darüber äußerst vielfältig informiert worden, dass ihnen Provitamine, Selen, Eisen und andere lebenswichtige Substanzen fehlten. Tatsächlich registrierten die Menschen überrascht, dass sie ihren Körper nicht mehr spürten. Oder eben nur noch dann, wenn sie an Blähungen, Zahnschmerzen, Fieber oder an einer schrecklichen Krebserkrankung litten. Und deshalb wurde *Actiwel* – obwohl er im Vergleich zu ungezuckerten Joghurts extrem teuer war – innerhalb nur weniger Jahre zu einem der erfolgreichsten Lebensmittel unseres Planeten.

Zu neuen Ufern

Nachdem Charles Saatchi den Joghurt-Superstar geschaffen hatte, wandte er sich neuen Bereichen zu. Als persönlicher Bekannter von Weltstars wie Phil Collins und Elton John, aber auch wohlhabender, hochtalentierter deutscher Popmusikgiganten wie Herbert

Grönemeyer, Klaus Lage oder Heinz-Rudolf Kunze wollte er unbekannte junge Musiker zu Superstars machen. Doch die Musikstars hatten ihre Hochzeiten längst hinter sich. Beim Wechsel von Vinyl auf die digitale Compact Disc hatten die Schallplattenkonzerne ihr Geschäft, natürlich ohne Absicht, ruiniert. Zunächst war der Umsatz zwar gewaltig nach oben geschnellt – schließlich wollte jeder Konsument seine alten Lieblingshits nun auch auf CD, über moderne CD-Spieler hören – doch das Interesse an dem neuen, metallisch glänzenden Speichermedium ließ schon sehr bald nach. Michael Jackson war der wohl letzte Platten-Megastar – und zwar gleichermaßen auf dem schwarzen Vinylmedium wie auch auf der silbernen Compact Disc. Einem Dinosaurier vor dem zerstörenden Kometeneinschlag gleich, verkaufte er noch Millionen von Tonträgern – schwarze, wie auch zunehmend silberne. Da Popsongs seit der Jahrtausendwende über das Internet einfach und direkt auf den Computer heruntergeladen werden konnten, endete die Ära der runden Scheiben und damit auch die Faszination der Klangspirale. Das Plattengeschäft zerfiel, löste sich auf. Musik digitalisierte und spiritualisierte sich mehr und mehr. Schließlich entmaterialisierte sie sich. Doch immer, bevor etwas völlig verschwindet, tauchen die Sammler auf. Neben den Vinylfetischisten gab es inzwischen sogar Sammler der bereits zu Antiquitäten gewordenen CDs. Haptik und die kurze Haltbarkeit dieses Tonträgers verhinderten jedoch, dass deren Gemeinde spürbar größer wurde. Auch das Format der CDs erwies sich als Manko: Auf den Covern schrumpften die Portraits der Popstars derartig zusammen, dass es schier unmöglich war, sich die Gesichter einzuprägen. Sie waren einfach zu klein für das menschliche Auge. Wer wollte schon Schrumpfköpfe anbeten? Und da sich bei Frisuren, Make-Up und Kleidung inzwischen alle am gleichen Designer orientierten, nämlich der oder dem jeweils weltweit erfolgreichsten, verschwanden die Unterschiede des Stars zum gewöhnlichen, unbekannten Menschen von der Straße. Es entwickelte sich so etwas wie ein geschlossener Kreislauf: Die Friseure, sowohl in der Stadt, als auch die der ländlichen Gebiete, orientierten sich, wie auch ihre Kundschaft, an den Frisuren der aktuellsten Popstars von den winzigen Covern. Die Ähnlichkeiten nahmen unwahrgenommen zu, ganz allmählich, und der Tonträgerabsatz schrumpfte so unaufhaltsam.

In Panik investierten die Manager der Musikkonzerne Unsummen von Geld in junge, ehrgeizige Menschen, die bereit waren, bedingungslos alles zu tun, was ihnen die Management-Experten antrugen. Die Strategie orientierte sich dabei jeweils an dem, was gerade den größten Erfolg verhieß. Nach geraumer Zeit schienen alle Stimmen irgendwie ähnlich zu sein. Und auch die Kompositionen, Melodie und Rhythmus klangen gleicher und gleicher. Ein Teufelskreis. Und obwohl die Stars den besten Gesangsunterricht erhielten, Töne minutenlang halten oder artistisch im Nu von Dur nach Moll wechseln konnten, zogen sie immer weniger Aufmerksamkeit auf sich. Die Popmusik war tot, erledigt, gestorben. Ausgereizt. Killerspiele und Klingeltöne waren jetzt angesagt. Und an die Stelle der Musikstars traten virtuelle Comicfiguren.

Die Vision

Charles Saatchi erkannte schon früh, dass der strahlende Glanz und das verheißungsvolle Mysterium des Superstars in nächster Zukunft im Musikbusiness kaum wieder zu etablieren sein würde. Die Fernsehsendungen, in denen das Volk seinen Superstar per Televoting bestimmte, hatten zusätzlich dazu beigetragen, dass das, was einst als Aura bezeichnet wurde, restlos verschwunden war. Dem Publikum war zwar die Macht übergeben worden, per Mehrheit im Televoting über Sieg und Tod der neuen Gladiatoren zu entscheiden. Vorsichtshalber war das Resultat durch Manipulation des Zählers abgesichert. Es hätte ja sein können, dass Terroristen mit Hilfe geheimer Konten Telefonleitungen besetzten. Schließlich ging es um verdammt viel Verantwortung beziehungsweise Geld. Aber selbst als investigative Journalisten die regulierenden Elemente öffentlich machen wollten, war niemand daran interessiert. Niemand wollte Näheres erfahren. Nur ein paar Eingeweihte aus dem Musikbusiness wussten schließlich Bescheid. Diese saßen in ihren Villen und Apartments in Malibu, im Tessin, in New York, Stuttgart oder London und waren mit Transaktionen irgendwelcher Zertifikate und Aktienfonds anderweitig beschäftigt. Auf jeden Fall tingelten bald schon Dutzende abgehalfterter TV-Superstars über Städte und Dörfer in Europa – in jedem Land waren es andere Gesichter. Bereits im Nachbarland schaute die nationalen Superstars kein Mensch mehr mit dem Arsch an, um es ausnahmsweise mal etwas unelegant auszudrücken. Irgendwann assoziierte man mit dem Wort *Superstar* tragische Witzfiguren mit veröltem, schleimigem Haar und albernen Piercings, mit denen sich bestenfalls noch ein paar verzweifelte Jugendliche und abgestumpfte Erwachsene beeindrucken ließen.

Gnack

Einzig im Bereich der Kunst, der Malerei, Bildhauerei und Installation schien es noch möglich zu sein, so etwas wie eine Aura und ihr mysteriöses Strahlen zu generieren. Mit dem Fall der Berliner Mauer endete 1989 endgültig der sogenannte Kalte Krieg. Zu den großen Gewinnern zählten nicht nur multinationale Großkonzerne, Spekulanten, Immobilienhaie und Hedgefondsmanager. Auch die Moderne Kunst des Westens ging als Sieger aus dem Wettstreit der Systeme hervor – der sozialistische Realismus galt als abgehakt. Der Paradigmenwechsel hatte überraschende Folgen: Plötzlich begannen neoliberale Millionäre und Milliardäre verstärkt zeitgenössische Skulpturen und Gemälde zu kaufen. Die Käufer wurden jedoch nicht Käufer, sondern Sammler genannt. Sprache veredelt nicht nur die Ware, sondern auch den Konsumenten selbst. Die West-Kunst entwickelte sich plötzlich zur sicheren, vielversprechenden Wertabschöpfungsanlage. Außerdem galt sie als ideologischer Beweis für die Überlegenheit des Kapitalismus. Denn die Moderne Kunst des Westens bewies, dass nicht nur jede Systemkritik absorbiert und integriert werden kann, sondern zudem Substanzen wie Öl, Schleim, Fett, Kot, Urin, Kotze, Schmutz und Glibber im sich stets neu entwickelnden, erfindenden und erweiternden kapitalistischen Wirtschaftssystem wertvoll und begehrenswert werden können. Sogar dann, wenn nur für kurze Zeit der Anschein erweckt werden kann, eine gehaltvolle geistige

Substanz oder originelle, tiefschürfende Idee damit zu vermitteln. Der reine Geist des Kapitals kann sich jeder Materie und jeden Geistes bedienen. Er ist unabhängig und tritt nicht nur über Virtuelles und Spirituelles, wie eine zunehmende Anzahl von Telefongesellschaften und Call-Centern, sondern auch über Amorphes wie flüssige Duschseifen und Joghurts mittelbar in Erscheinung. Er gewinnt seine Kraft nicht nur über feste Substanzen wie Ölfarbe, Silber, Gold und Marmor. Er kann auch anders. Er *ist* immer anders. Deshalb siegt er so überlegen und glorreich. Die neue Entwicklung wurde jedenfalls schnell verstanden und allgemein akzeptiert. Nach kurzer Zeit stellte sie so etwas wie ein Naturgesetz dar. Selbst Skeptiker und Kunstfeinde wie die englische *Sun* und die deutsche *BILD,* früher erbitterte Gegner von »Kleckserei und Schmiererei« und immer an vorderster Front mit Volkes Stimme, wenn ein »rostiger Schrotthaufen« oder eine »mit Fett verschmierte Badewanne« von »unseren Steuergeldern finanziert« in einer Staatsgalerie ausgestellt oder auf einem öffentlichen Bahnhofsvorplatz aufgestellt werden sollte, wurden mit einem Schlag zu neuen, großen Freunden Moderner Kunst des Westens. Begeistert jubelten sie, wenn zur Weihnachtszeit ein Künstler Rentiere in Kunsthallen einpferchte und auf diese Weise Massen von Kindern anlockte. Für die Eltern lag ein Faltblatt mit komplizierten Erklärungen über die naturwissenschaftliche Bedeutung der Installation bereit. Auf diese Weise wurde der durchdringende Uringeruch der lebenden Tiere mit tiefsinnigen, bedeutungsschweren Inhalten versetzt und überzeugte auch Väter und Mütter. Gewürzt mit Wörtern wie »Initiation« und »Schamane« duftete das strenge Ammoniak nun leicht wie Rosenwasser. Unablässig verliehen die früher der modernen Kunst gegenüber so feindseligen Boulevardmedien Kunstpreise, die ihnen die dankbaren Künstler willig aus den Händen rissen. Und die Gläubigen, welche früher regelmäßig in die Kirche gegangen waren, eilten nun mit großer Begeisterung sonntäglich in Kunsthallen, Gemäldesammlungen und Museen. Die neue Offenheit und Großzügigkeit der gewendeten Kunstfeinde ließ das Heer junger Maler, Performancekünstler, Bildhauer, Videoartisten, Aktions- und Eventkünstler enorm anschwellen: in England, Deutschland, Skandinavien, den USA, in China, Indien – ja, auf der ganzen Welt. Nirgendwo, so der entstandene Eindruck, konnte so schnell derart einfach viel Geld in kürzester Zeit verdient werden, wie im Kunstbetrieb. Man musste nur geeignete Kontakte zu gewissen Netzwerken herstellen. Man musste wissen, was demnächst gefragt und *hip* sein würde, welches Schweinchen und welche Sau von verschlagenen Kuratoren und selbstbewusst daher kommenden Hochglanzmagazinen demnächst durchs Dorf gejagt würde, um es einmal im Jargon jener Zeit auszudrücken. Dass das Resultat die Salonkunst der Zukunft sein würde, war ein gutgehütetes Geheimnis. Zum Glück interessierte das im Kunstbetrieb niemanden. Im Gegenteil: das Bewahren eines Mysteriums namens Bluff gehörte zur Tradition. Es war die einzige unveränderliche Tradition in der Kunstwelt, in der es ja ansonsten um das Aufheben, Infragestellen, Zertrümmern von Konventionen und Traditionen geht – wenigstens aber um deren Erweiterung. Und natürlich letzten Endes auch um so etwas wie Harmonie. »Wir leben in der Gegenwart. Im Hier und Jetzt! Und nicht in ferner Zukunft!«, sagte Friedensbert Gnackenstein, kurz Gnack genannt, einer der bekanntesten Philosophen jener Zeit. Er hatte eine eigene

Philosophen-Show im Privatfernsehen. Sie wurde in ganz Europa und sogar in Übersee ausgestrahlt, fast jeden Tag. Auch Gnackenstein sammelte Kunst. Er hinterließ eine Kollektion, deren Anblick bereits am Tage seines Todes allgemeine Heiterkeit auslöste. Die berühmte Gnacktheorie übte jedenfalls zu ihrer Zeit einen ungeheuren Einfluss auf das Denken aus. Und das, obwohl sie niemand richtig verstand. Im Grunde war es auch gar nicht möglich. Aber genau darin bestand ihre Qualität. Völlig Sinnloses zu formulieren, ist eine ganz große Kunst, die nur wenige Genies beherrschen.

Die Alternative

Nicht nur die Moderne Kunst des Westens verlor mit dem Fall des Eisernen Vorhangs ihr negatives Image in den nun geöffneten Staats- und Volksblöcken. Überhaupt hatte sich vieles verändert. Ja, einiges stand regelrecht auf dem Kopf. Oft begann es mit banal erscheinenden Ereignissen, die schließlich zu großen gesellschaftlichen Verwerfungen führten: Nachdem sich der wirtschaftsliberale Parteiführer und Sammler Moderner Kunst Gutfried zu Wellenberg mit seinem Lebensgefährten, dem Event-Manager Armin von Stahlberg nach schweren inneren Kämpfen und dem Erreichen seines Lebensziels, Außenminister der Bundesrepublik Deutschland zu werden, öffentlich zu seiner Homosexualität bekannt hatte, legte die größte europäische Tageszeitung *BILD* anlässlich der alljährlichen großen Schwulenparade, dem »Gay Pride« ab 2012 ihren Lesern jährlich eine dicke, bunt illustrierte Sonderbeilage bei: So fröhlich feiern die Gays! Besondere Betonung wurde dabei auf die vorbildliche Integration und das Konsumverhalten

der ehemaligen Randgruppe gelegt. *BILD*-Expertin Dr. Monika Rä-
derscheit, eine überzeugte Grüne, die sich früher als Testerin für
Weleda-Produkte einen Namen gemacht hatte, fand heraus, dass
Gays im Durchschnitt 4,2 Prozent mehr Luxusgüter konsumierten
als »straighte« Männer. Nachdem die Konservativen auf den sogenannten *New Green Deal* aufgesprungen waren und Öko auch in
gehobenen Kreisen schick wurde, gab es für die ursprünglich aus
dem Patchwork der Minderheiten entstandene linksalternative Tageszeitung *taz* plötzlich keine exklusive Themen mehr. Zwar hielt
sie fest am alten Image als Vorkämpfer sogenannter Randgruppen.
Doch eine Umstellung auf Farbdruck glich sie im Jahr 2009 schließlich auch ästhetisch allen anderen Tageszeitungen an, in denen es
inzwischen eh von ehemaligen alternativen und grünen Anhängern
nur so wimmelte. Viele Leser verwechselten die *taz* am Kiosk folglich mit der auflagenstärkeren *Berliner Morgenpost,* schon optisch,
von der ganzen Aufmachung her. Das war aber kein Problem.
Denn durch dieses Versehen stabilisierte sich die Auflage für die
kleinformatigere Schwester. Außerdem waren die Journalisten inzwischen ohnehin alle »frei«. Das heißt, sie schrieben aus Geldnot
für alles, was existierte und wo immer sich ihnen die Möglichkeit
bot. Im Zuge dieser Angleichungsprozesse entsorgte die *taz* ersatz-
los die beliebte Kolumne *Bücher für Randgruppen.*[2] Das Design
wurde so rasend schnell dem Geschmack der Mitte angeglichen,
dass nur noch Zeit blieb, den ahnungslosen Kolumnisten über An-
rufbeantworter darüber zu informieren. All das geschah just in
dem Monat, als Gutfried zu Wellenberg deutscher Außenminister
wurde. Dessen erstes Statement »Es gibt keine Randgruppen
mehr!«. Später gefolgt vom Ausruf: »Hier steht die Freiheitsstatue

---

2   Diese Kolumne existierte über zehn Jahre. Sie endete im Oktober 2008 mit
der Nummer 132 durch ein *Subjektloses Mobbing*.

Deutschlands!«, wies die Richtung. Sogar die alten Freiheitskämpfer aus der Schwulenbewegung der 1970er Jahre fühlten sich inzwischen von der Mitte akzeptiert. Als Redakteure im alternativen Sektor hatten sie sich hochgearbeitet und voll und ganz auf die Kommentierung internationaler Schlagerwettbewerbe, Ulkshows und Unterhaltungssendungen konzentriert, ihr Hobby zum Beruf gemacht. Eifrig warnten sie vor den Gefahren der Abschaffung von zivilisatorischen, westlichen Kulturleistungen durch orientalische Kulturkreise. Fußball und Weltpolitik blieben dagegen in jenen Kreisen auch weiterhin die Domäne richtiger Männer. An der Fassade der *taz* wurde nun ein sechzehn Meter langer Penis fest verankert. Im Grunde glich er eher einer Schlange, mit einer weichen, femininen Form. Der weiche Phallus konkurrierte nun in Sichtweite mit einem viel längeren, härteren, steil aufragenden Springer-Penis. Zwischen den alten und den neuen Boulevardmedien begann eine Art Penislängenwettmessen. Alles, was in jener Zeit irgendwie mitfahren und irgendwo dabei sein wollte, wurde von der Mitte magisch angesaugt. Das Wort ›Mainstream‹ benutzte man dabei ungern, hatte es doch noch immer einen leicht schalen Beigeschmack. Nach wie vor wollte man anders sein als die anderen. Alle anderen. Aber da alle anderen inzwischen auch von sich annahmen, völlig anders zu sein, als die anderen, waren bald alle wirklich anders, als die anderen. Und das sah dann wiederum ziemlich ähnlich aus. Hinter der feminisierten Schlange entwickelte sich aus dem altlinkem Dogmatismus ein völlig neuer Dogmatismus. Es war der Dogmatismus des Undogmatischen, der perfekt mit dem Pragmatismus Konservativer harmonisiert.

Kippenbergers ALDI-Manifest

Im Jahr 2012 ersetzte die erste und zugleich letzte alternative Tageszeitung Deutschlands ihr Redaktionsstatut durch das sogenannte *ALDI*-Manifest. Es stammte von Martin Kippenberger. In großer Eile hatte es der Künstler einst auf die Rückseite eines Kassenbons gekritzelt. Bei seinem Auffinden im Jahr 2011 wurde es noch als Sensation gefeiert.[3] Das postmoderne Manifest zur Austauschbarkeit und Neukombination aller Zeichen, Symbole und Werte war im Jahr 1979 vom Künstler formuliert worden und fand sich in der Seitentasche eines alten, roten Bademantels. In einer Vorstandsitzung der *taz*-Genossenschaft wurde der Vorschlag, das Redaktionsstatut von 1979 durch das *ALDI*-Manifest zu ersetzen, mehrheitlich angenommen. In der Folge dieser Entscheidung konkurrierte die *taz*-Politik-Titelseite verstärkt mit der Satireseite. Wer konstruiert die witzigste Schlagzeile? Gemeinsames Ziel war der kalkulierte Tabubruch, der mit überlegen-wissendem Gestus das Zwerchfell der Eingeweihten ansteuert. Die Titelseite lockte mit Schlagzeilen wie *Onkel Baracks Hütte,* kombiniert mit der Abbildung des Weißen Hauses in Washington. Sie warb mit Collagen, auf denen gekreuzigte Fußballstars abgebildet waren. Gleichzeitig lag im Innenteil eine zehnseitige Sonderbeilage zum evangelischen Kirchentag oder zur Fußballweltmeisterschaft. Alle Widersprüche und Grotesken der Welt wurden kombiniert und zum Beweis der unendlichen Vielfältigkeit, Toleranz und Überlegenheit der westlichen Zivilisation gegenüber allen anderen. Wenn die erwarteten Proteste des Fußballbundes oder der Kirche eintrafen, fühlte man sich bestätigt und verwies die Protestierenden stolz

---

3   Es entpuppte sich zwanzig Jahre später als Fälschung, was aber kein Aufsehen erregte, da es eh niemand mehr kannte.

auf eigene Pluralität und Undogmatismus. Der Rahmen war überwunden, nun gab es kein Halten mehr. Auf der Satireseite witzelten Heteromänner über Homos, die zum analen Einsatz bei der Bundeswehr in Afghanistan beordert werden. Man war für den Krieg und dagegen. Ein hörender Satiriker verarschte die Kommunikation Gehörloser. Weiße Humorspezialisten, die sich von alten Schuldgefühlen befreit hatten, philosophierten als aufgeklärte Neutren unbeschwert darüber, warum Schwarze Probleme hätten, guten Fußball zu spielen. Mit dem Einsatz von rassistischen Wörtern, die selbstverständlich nicht so gemeint waren, wurden denkbare Schmerz- und Humorgrenzen ausgetestet. Aufkeimende Kritik an diesem Vorgehen wurde als Relikt überwundenen Dogmatismus entlarvt beziehungsweise umgehend als Zeichen persönlicher Betroffenheit von Betroffenen verständnisvoll, aber doch entschieden zurückgewiesen. Da Wohlwollen und Toleranz gegenüber Randgruppen und Minderheiten zum offiziellen Programm gehörte, war man sich lange sicher, irgendwie anders zu sein, wie die anderen.[4] Das Spektrum schenkelklopfenden Herrenhumors und des gönnerhaften Wohlwollens gegenüber dem Fremden, erweiterte sich dabei ständig. Irgendwann wucherten Humor und Schadenfreude wie die Schlange an der Außenfront durch die Zeitung hindurch: die erste und die letzte Seite der *taz* glichen sich vollständig an. Im Zuge einer Blattreform fusionierte die Satire- mit der Politikredaktion. Für die Leser war das sehr praktisch. Nun konnten sie die Zeitung sowohl von hinten nach vorne als auch von vorne nach hinten lesen – sie war also *alternativ* im ganzheitlich angestrebten Sinne. Der ganze alte Dogmatismus ging auf in Witz, Spaß, Humor, Albernheit und Blödelei, die immer auch mit

4   Helmut Höge in taz 26./27.2.2011, S. 35: »Hinzu kämen ihre ›gestalterischen Spielereien‹ und ihr ›ironischer Stil‹. Außerdem habe sie (d.h. die taz) das größte Wohlwollen gegenüber Migranten und Einwanderern.«

einer Prise Häme verbunden waren. Selbst ernstgemeinte Artikel wirkten plötzlich dadurch irgendwie komisch, deplaziert. Und komische bekamen einen ernsten Geschmack verpasst, ganz automatisch. Es war wie in einem Dschungelcamp. Der Sieger bleibt.

Ähnliche Entwicklungen fanden auch in England und in vielen anderen europäischen Ländern statt. Besonders dort, wo Sozialdemokraten und Parteien, die ursprünglich aus dem Pazifismus entstanden waren, gemeinsam einen strikten neo-individualliberalen Kurs gefahren waren und neue Kriege in aller Welt angezettelt hatten, um Frauen zu befreien oder um die frohe ökologische Botschaft, den *New Green Deal* zu verkünden. In der Folge wurden nichtregierende konservative Parteien manchmal mit Kommunisten oder Linksextremen verwechselt. Es herrschte Verwirrung total.

Neo-Individualliberaler Siegeszug

Im Jahr 2009 verschmolzen die alten Kategorien links, Mitte und rechts zu einem amorphen Klumpen, der sich wiederum zu mehreren neuen Klümpchen formierte. Da aber keinem Philosophen ansprechend klingende Begriffe einfielen, beziehungsweise sich neu entwickelnde Kombinationen niemand merken konnte, behielt man einfach die alten Wörter bei, obgleich sie ihre ursprüngliche Bedeutung inzwischen längst verloren hatten. In der Bewertung der Modernen Kunst war man sich jedenfalls über alte ideologische Grenzen hinweg einig. Als zentrales Schlüsselwerk der zusammenwachsenden rechten und linken Kunstfeinde galt »Café Deutschland«. Diesen gewaltigen Ölschinken hatte das Mitglied einer marxistisch-leninistisch-maoistischen Splittersekte namens

KPD/ML/AO in den 1970er Jahren gemalt: Alle männlichen Geistesgrößen Deutschlands saßen da einträchtig und friedlich vereint in einem schmierigen Puff auf St. Pauli und diskutierten über die Zukunft. Vor allem über ihre Karriere und auch die des Landes. Ein feuchtfröhlicher Ort ohne Grenze, Mauer, Stacheldraht und Schießbefehl. Sperma und männliche Schöpferkraft flossen in diesem Paradies ernst und nachdenklich zusammen, so dass – im Rückblick betrachtet – es gar nicht weiter wundert, dass auf dieser Basis die Idee der Wiedererrichtung des gesprengten Berliner Stadtschlosses als Konsequenz wiedererwachten, unbeschwerten Nationalismus nur logisch war. Die deutschen Malerfürsten passten hervorragend in diesen Ölschinken. Sie ersetzten die Rolle des immer noch nicht ganz rehabilitierten Adels. Doch dann erschien schließlich wie aus dem Nichts Herr Prof. Dr. von und zu Guttenberg, um gemeinsam mit der alternativen *BILD*-Kolumnistin Alice Schwarzer den gerechten Krieg zur Befreiung der Frau in alle Welt zu tragen – beziehungsweise in die Teile, die aus christlich-abendländischer Perspektive für besonders rückständig gehalten wurden. Konservativ und Revolution passt manchmal eben besser zusammen als angenommen.

Die Freiheitsvisionen des Malerfürsten und sein Schlüsselwerk waren ursprünglich von Pol Pot, Enver Hodscha und dem Freiheitskampf Maos für sein Volk inspiriert worden und weniger von den blühenden Landschaften, die der deutsche Alt-Kanzler Helmut Kohl den DDR-Bürgern verheißen hatte. Aber das Geschwätz von gestern interessierte im vereinten Deutschland niemanden. Vorbei war vorbei. Alles blickte gebannt in die Zukunft. Man war schließlich gereift. Der Weg der Vernunft kann manch einstmals fanatischen maoistischen Volksbefreiungskünstler über einen kleinen Schlenker zu den Ökologen, den Alternativen und von dort aus zu den traditionellen Schaltstellen der Macht führen – bis hin zum Papst. Und eine FDJ-Sekretärin aus der real sozialistischen DDR gelangte zeitgleich an die Spitze eines kapitalistischen Staates – beim Fall der Mauer saß sie noch entspannt in einer Sauna im realsozialistischen Osten. Mit seinen alten Feinden hatte sich der altmaoistische Malerfürst längst versöhnt und seine Feinde sich mit ihm. Die Welt besteht nun mal aus Widersprüchen und wir müssen in und mit ihnen leben. Ganz am Ende seiner Karriere dekorierte der schwerkranke Künstler im Auftrag der *BILD*-Zeitung eine ganze *BILD*-Bibel mit kreischend buntem Kitsch.[5] Der *BILD*-Chefredakteur Kai Diekmann überreichte die *BILD*-Bibel dem Papst persönlich in einer vom Künstler handsignierten Ausgabe. »So ist das. Spätestens, wenn sie den eigenen Tod vor Augen haben, kommen die Unabhängigen, die Individualisten, die Autonomen und Egoisten alle wieder brav bei mir angedackelt!«, grinste der Papst und leckte sich über die dünnen Lippen, »Zurück in unseren feuchten Schoß.« Kai Diekmann war beeindruckt. »Wir sind die Macht!«, flüsterte der Papst dem *BILD*-Chefredakteur ins Ohr und reichte ihm als Gegengabe das Krebstagebuch von Christoph Schlingensief. Der *BILD*-Chef dankte freundlich und erwiderte: »So ist eben die Realität: Das stumme Leiden interessiert niemanden. Wer still leidet, existiert nicht. Nur der laute Todesschrei berührt die Seelen der Menschen. Weil der Mensch nun mal von Natur aus Egoist ist, Egoist ist, Egoist ist …« Nicht einmal der Tod ist einzigartig und weil eh immer nur die anderen sterben, hat er mit uns nichts direkt zu tun. Doch während wir ihn verdrängen

---

5 im Modernen Antiquariat ab 3,99 € erhältlich (Stand: 15.01.2011).

und von uns abtrennen, hat ihn die Christenheit für sich reklamiert, als Lebensergänzung. Die Ganzheitlichkeit zu erstreben, die sogenannte kreisrunde, geschlossene Identität zu erlangen, ist eine Lebensaufgabe. Der Papst hatte lange dafür gekämpft, von den Menschen als Einheit wahrgenommen zu werden. Als ehemaliger Hitlerjunge brauchte er ganze sieben Jahrzehnte, um zu der ganzheitlichen Persönlichkeit zu werden, die wir alle kennen und zum Stellvertreter Christi auf Erden dazu. Seinen engsten Bischöfen hielt er fest die Stange. Selbst wenn sie, wie der strenge Bischof Mixa, in den Verdacht gekommen waren, jungen, knackigen Priesteranwärtern schamlos unter den Rock gelangt zu haben. Unbedingte Treue und Einheit waren sein Motto. Der ertappte Bischof musste seinen Lebensabend deshalb nicht im Knast, sondern zur Strafe in einem Frauenkloster verbringen. Bis zum Schluss betete er auf die Verlegung in ein Männerkloster. »Sexuelle Revolution, pah!«, schimpfte er. »Wären die Achtundsechziger nicht gewesen, hätte ich bis zur Rente den geilen Priesteranwärtern an ihre Ärsche packen können! Den jungen Plaudertaschen hätte doch niemand geglaubt, wenn es weiterhin so diskret zugegangen wäre, wie in den 50ern.« Sein Kollege war durch Fleiß, Beharrlichkeit und möglicherweise auch durch sexuelle Enthaltsamkeit zum Statthalter Gottes, beziehungsweise zum Stellvertreter von Jesus Christus auf Erden aufgestiegen. Als Dank für die Verneigung vor dem Papst interpretierten die *BILD*-Kunstexperten das Rotfrontwerk aus des Künstlers maoistischer Jugendzeit nun als eine »frühe Vision der deutschen Einheit«.

Die Elite und das Volk

Eine erdverbundene Kunsthistorikerin erklärte dagegen die Metamorphose des Ex-Maoisten zum Papstkumpel ihren linksalternativen Lesern damit, dass dieser schon immer nah am Puls des Volkes sein wollte. Diese künstlerisch-geistige Metamorphose hatte sie in zauberhafte Worte gefasst: »Und immer wieder brach Immendorff aus dem elitären Kunstbetrieb aus, etwa 2000 mit einem Bild für *Bild*.«[6] Elitärer Kunstbetrieb? Die linke Elite bewies also weiterhin ihr traditionell großes Verständnis für die Unterschichten und die Entrechteten. Und sie demonstrierte ihre alte Abscheu, ihren Ekel vor dem Elitären. Alte Bilder stiegen auf, von Kämpfen für die entrechteten Unterschichten in Süd- und Mittelamerika oder für die Prostituierten in St. Pauli. Waren sie nicht einst für die »Befreiung des unterdrückten Proletarier« auf die Straßen der alten BRD gegangen, auf der Suche nach dem Strand? Lobpreisten sich nicht seinerzeit die Volksbefreiungskonzepte von Pol Pot oder Josef Stalin? Andere Freiheitskämpfer, die unerwartet zu Geld und Ruhm gekommen waren, gaben den Prostituierten eben nun ein wenig von ihrem vielen Geld ab und wurden für diese aufopfernden Gesten von ihnen heiß geliebt. Wer will schließlich nicht eins sein mit dem gemeinen Volk, mit Proletariern, Strichjungen, Huren, Koksdealern, Zuhältern, Prolls und Leergutsammlern, ja der gesamten Unterschicht – und es trotzdem zu etwas bringen im Leben? Wenigstens zu einem kleinen Sonnenkollektor auf dem Ökodach einer Eigentumswohnung.

6 Brigitte Werneburg: »Die Karten auf den Tisch«, *taz* 25.5.2008.

Pisse wird Wasser

Doch richten wir unseren Blick zunächst weg vom tristen, öden Berliner Kunstsumpf, hin zur damals aufblühenden Londoner Kunstszene. Diese brachte seinerzeit wirklich frischen Wind in den verranzten Betrieb. Werbetycoon Charles Saatchi wusste um die große Macht der Interpretation, der privaten und der öffentlichen Meinung, einschließlich all ihrer Synergien. Als Werbestratege hatte er erfahren, wie sich ein dünnflüssiger, rechtsdrehender Joghurt im Laufe einer beharrlichen Kampagne schlagartig in ein Medikament verwandeln kann. Er wusste, dass Jeans, mit dem eingestanzten Namen eines bestimmten Designers ihren Wert verdoppeln, verdreifachen, ja – mitunter verhundertfachen können. Ihm war klar, dass die ganze Welt im Grunde wie das Urinoir von Marcel Duchamp funktioniert: Sie muss nur entsprechend gedreht und gewendet werden. In der richtigen Umgebung schießt in der Imagination des Menschen alsbald statt lauwarmer Pisse eine kräftige Fontäne in den Himmel – kaltes, klares Wasser.

Phantominsel Frisland

Zunächst dachte Charles Saatchi an die Etablierung einer TV-Casting-Show, in der unbekannte junge Maler, Bildhauer, Installationskünstler und Videoartisten über Televoting um die Gunst des Publikums buhlen sollten. Doch die Widerstände in den TV-Stationen waren immens. Bildende Kunst hielten die Programmdirektoren tatsächlich immer noch für etwas sehr Elitäres, für etwas, das den Zuschauern allerfrühestens ab 22.30 Uhr zugemutet werden könnte. Grotesk, denn die Kunsthallen waren längst brechend voll von Kulturhungrigen, welche fasziniert die Salonkunst der Zukunft im Hier und Jetzt bewunderten und aufrichtig genossen. Auf der Suche nach geheimnisvollen Nachrichten starrten sie stundenlang auf die Wände, an denen großformatige Bilder hingen oder über welche Skulpturen und Plastiken dunkle Schatten warfen. Charles Saatchi dachte zunächst daran, in den Kunstakademien höchstpersönlich nach zukünftigen Kunststars unter den jungen, noch unverformten Akademiestudenten zu suchen. Über internationale Großausstellungen mit eindeutigem Event-Charakter sollten diese dann zu neuen Kunst-Superstars des modernen Zeitalters aufgebaut werden.

Gleichzeitig bestellte er eine wissenschaftliche Studie. Durch diese beabsichtigte er, den Namen für eine große Ausstellung zu finden, in welcher diese jungen, noch unbekannten Talente erstmals der Öffentlichkeit vorgestellt werden sollten.

»Etwas mit Reise wäre schön«, sagte er. »Ich reise sehr gern!« Wohin, war ihm egal. Denn er fühlte sich längst wie ein lebendiges Ready-Made. Er hatte Marcel Duchamps Ready-Made-Konzept derart verinnerlicht, dass es inzwischen vollständig von ihm Besitz ergriffen hatte, körper-geistlich sozusagen. »Macht mit mir, was ihr wollt! Schlagt mich zu Brei! Reißt mir die Eier raus. Die Hoden für die Katze, miau, miau!«, brüllte er völlig unvermittelt seine erschreckten Untergebenen an.[7] Die neue Stärke der alten Machos bestand in deren Inszenierung von Schwäche, Hilflosigkeit, Weichheit und Passivität. Schon bald wühlten sich in den Sälen der British Library in London unzählige Forscher aus allen Wissenschaftsbereiche durch Unmengen verfügbarer Reiseliteratur.

---

7 Vgl. das Stück von Otto Muehl »Mein Testament«, LP *Psycho Motorik*, 1972.

Nach monatelanger Recherche entdeckte ein Etymologe namens Jürgen zu Bergfels ein kleines, unscheinbares Büchlein, welches irgendwann hinter einen Stapel schwergewichtiger, großformatiger Folianten aus dem 17. Jahrhundert gerutscht war. Es schilderte die Nordland-Reise eines venezianischen Mannes namens Zeno aus dem Jahr 1380. Dieser Zeno behauptete, einer seiner fernen Vorfahren sei einst zu den Inseln Grönland, Island, Estotiland und Frislanda gereist. Er, als gleichnamiger Nachfahre, habe dessen zerstreuten Reisebeschreibungen in der Familienvilla gefunden. Nun wollte er sie gern auch anderen Interessierten zugänglich machen. In einer dem Buch beiliegenden Landkarte lag erwähntes Frislanda zwischen Grönland und Island. Frislanda entpuppte sich als Phantominsel – allerdings erst viel später, nach dreihundert Jahren.[8] Während dieses Zeitraumes änderte sich der Name des Eilandes auf den Landkarten mehrfach: Ursprünglich Resland betitelt, wandelte sich der Name in Wrislan(n)d, metamorphisierte zu Frieslanda, dann Frizlandia, verwandelte sich später in Freezeland. Freeze wohl deshalb, weil die Phantominsel so weit im Norden verortet wurde.

»Freeze, Freeze!«, kreischte von Bergfels wie von Sinnen, als er das Wort auf der antiken Landkarte erblickte. Kalte Schauer liefen ihm den Rücken herunter. Er sprang auf und stieß dabei versehentlich den Drehstuhl um. Seine Kollegen sahen erschreckt auf. Nun war er felsenfest davon überzeugt, dass er für seine geniale Entdeckung den von Charles Saatchi ausgelobten Sonderpreis von 16.000 Pfund erhalten würde. Jürgen von Bergfels behielt recht.[9]

8 Vgl. Wolfgang Müller (Hg.), Die neue Nordwelt. Berlin: Verbrecher Verlag 2004.

9 Dass das kleine von ihm aufgefundene Oktavbüchlein um die 50.000 Pfund wert war, sollte der ehrliche Finder bis zu seinem Tod (2032) nicht erfahren.

Leere

Wenden wir unseren Blick ins Jahr 2000 und bewegen unsere Körper gleichzeitig an einen anderen Ort: Die Geschäfte mit den Klimaanlagen liefen gut, extrem gut sogar. Auf dem Konto von Aloysius Tong häuften sich die Millionen, um sich kontinuierlich zu vervielfachen. Seitdem sich der Erfolg des Mannes aus Singapur vollautomatisch fortsetzte und sogar steigerte, brachte das von seinen Eltern einst heiß geliebte Einzelkind nichts mehr in Wallung. Aloysius Körper löste sich buchstäblich in Luft auf. Keine Schwitzattacken, keine Angst mehr vor nichts, aber auch keine Freude, null Emotion über irgend etwas. Aloysius fühlte sich leer und tot – wie lebendig begraben. Selbst schwere wirtschaftliche Einbrüche und Krisen bewältigte sein geschicktes Management schnell und perfekt. Seine Mitarbeiter unterhielten überall beste Kontakte bis weit in die Schaltzentralen von Wirtschaft und Politik. Ein einziges Mal nur schien eine überraschend einsetzende Krise durch zu befürchtende hohe Steuerabgaben den Aufschwung seines Unternehmens zu gefährden. Die Manager und Vorstandsvorsitzenden der Folkung Bang Tte. jedoch bearbeiteten die maßgeblichen Politiker so intensiv und lange, bis diese von selbst einsahen, dass eine Gesetzesänderung auch dem Volk von Nutzen sein könnte. Auch die Einzelpersonen, welche sich nicht von der Notwendigkeit gewisser Gesetzesänderungen überzeugen lassen wollten, konnten mit der Aussicht auf lukrative Posten im weitverzweigten Netzwerk von Aloysius Tong milde gestimmt oder durch Barzahlungen einsichtig gemacht werden. Dass zwei Volksvertreter sich trotzdem stur stellten, sich dem angekündigten

Fortschritt in den Weg stellten, interpretierten die lokalen Tageszeitungen als eindeutigen Betweis einer erstarkten Demokratie. Jede Kritik, selbst unerbetene oder unbotmäßige, wäre erwünscht, so lange sie eben auch konstruktiv sei. Letztlich konnten die Verursacher der Misstöne jedoch kaum Einfluss auf das entscheidende Abstimmungsverhalten und damit auf die zukünftige Weichenstellung haben. Alles lief wie geschmiert, um es mal etwas salopp auszudrücken.

Wie wir alle gelernt haben, machen Reichtum und Macht allein nicht glücklich. Wir kennen die Geschichte vom unglücklichen Millionär und von seinem Gegenstück, dem zufriedenen Bettler oder fröhlichen Pfandflaschensammler. Gern wird sie immer wieder in neuen Varianten erzählt, besonders von den Reichen und ihren Freunden, die damit das uns unbekannte Gefühl der schweren Verantwortung vermitteln wollen, welches ständig auf ihren Schultern lastet. Wer möchte denn verantwortlich für 100.000 Fabrikarbeiter sein? Falls jeder von diesen auch nur 70 Kilo wiegen würde, wieviel Tonnen wiegten sie wohl zusammen? Aloysius Tong kam sich jedenfalls immer mehr vor wie ein Zombie. Doch statt wenigstens Menschen zu Tode zu erschrecken, ihnen das Blut auszusaugen oder mit Gleichgesinnten über die Friedhöfe zu wandeln und aufregenden Schabernack zu treiben, langweilte sich Aloysius entsetzlich. Den einzigen Kick verschaffte ihm zunächst der tägliche Blick auf sein Bankkonto. Aber selbst das funktionierte bald nicht mehr. Denn das Konto zeigte einfach nur mehr und mehr Geld an. Zahlen, Zahlen, Zahlen. Immer nur Zahlen. Der Mensch gewöhnt sich eben an alles. Völlig abgestumpft, leer und frustriert, schleppte Aloysius seinen geist- und seelenleeren Körper zu einem

Psychiater. Er war gerade sechsunddreißig Jahre alt. Im Mai des Jahres 2001 begann er eine Psychotherapie.

Prof. Dr. Sanusi Lamido

Er galt als brillanter Therapeut und war eine Koryphäe der modernen Psychowissenschaft. Weit über die Grenzen des Landes erstrahlte der makellose Ruf des Prof. Dr. Sanusi Lamido. Seine erfolgreichsten Publikationen hießen »Fülle deine Leere« und »Depression und Sinnsuche«. Unter dem Spitznamen »Der Psychomagier« kannte ihn der internationale Jet-Set, bewunderten ihn die Reichen dieser Welt. Aber auch seine unzähligen Leser liebten die brillanten Gedanken des Bestsellerautors. Engelbert Winston, ein enger Geschäftsfreund, hatte Aloysius die gefragte Mehrfachbegabung empfohlen. Winston hatte selbst lange Jahre unter schwersten seelischen Verstimmungen gelitten. Jahrelang hatte er über alles und nichts gegrübelt. Fressattacken hatten sich abgewechselt mit Perioden der Magersucht. Durch die einzigartige Therapiemethodik des Prof. Dr. Sanusi Lamido war sein Lebensmut jedoch mit Riesenschritten wieder zurückgekehrt. Seine unkonventionellen Heilmethoden setzte der Professor immer sehr individuell und personenbezogen an. Bei jedem Patienten und jeder Patientin galt es die besonderen Umstände zu berücksichtigen. Auf jeden Fall wirkte Engelbert Winston seit seiner *Autonomen Kunsttherapie* ausgeglichen und fröhlich. Er scherzte ohne Pause. Sein Gemütswandel beeindruckte sehr. Auch wenn, unter uns gesagt, seine Scherze mitunter etwas abgedroschen wirkten. Gut, verbitterte Feministinnen wären vielleicht auf die Idee gekommen, seine schlüpfrigen Bemerkungen ernst zu nehmen, beziehungsweise sie für sexistisch zu halten. Seine Witze waren ja eigentlich auch gar nicht böse gemeint. Seine ständig wechselnden Freundinnen schlug er, soweit bekannt ist, niemals. Die meisten Männer, aber auch überraschend viele Frauen fanden Engelbert trotz seiner lauen oder etwas abgeschmackten Scherze unglaublich witzig und charmant. Früher hatte er lauthals Gedichte in sonorer Stimmlage rezitiert, deren zotige Anspielungen allgemeine Heiterkeit ausgelöst hatten. Das Sonore, ein deutlicher Hinweis auf seine Depressivität, hatte man einfach überhört. Es war einfach so, dass jede Zuhörerin und jeder Zuhörer stolz darauf waren, zu wissen, dass Engelbert Winston es eigentlich gar nicht so meinte. So sprach er von der »Rolle der Frau« und beschrieb einen um eine Klorolle gehäkelten Hut. Das war immer der totale Brüller. Die Frage »Do you like Beuys?« konterte er mit: »No, girls!« Alle kreischten vor Vergnügen.

Trotz seines Erfolges hatte Engelbert Winston seine Karriere als Schriftsteller vor zwei Jahren an den Nagel gehängt. Geld war eh genug da. Er wusste inzwischen selbst nicht mehr genau, wo es genau herkam. Auch addierte sich zu seinen Einnahmen eine nicht unbeträchtliche Erbschaft, die seine Eltern vor Jahrzehnten in Immobilien, Geldanlagen und Fonds angelegt hatten. So lebte er, nicht zuletzt dank Prof. Dr. Sanusi Lamidos Hilfe, fröhlich in den Tag hinein. Auch ohne bestimmtes Ziel.

Sinn

Schon bei der ersten Zusammenkunft riet Prof. Dr. Sanusi Lamido seinem neuen Patienten, dem Klimaanlagenmillionär Aloysius

Tong, endlich etwas Sinnvolles aus seinem Leben zu machen. Das bedeutete natürlich, etwas *noch* Sinnvolleres zu tun, als Klimaanlagen zu verkaufen: »Sie könnten als Wohltäter tätig werden. Es gibt wohlhabende Menschen, die nach Afrika fahren, um dort arme Menschen zu speisen!« Oder um ihnen die von den Kolonialherren geraubte Kultur zurückbringen, so wie der deutsche Aktionskünstler, der dem Kontinent Afrika gleich ein ganzes Opernhaus mit integrierter Gesamtschule schenken wollte. So würde sich schnell eine seelische Balance einstellen, meinte der Psychotherapeut. Dabei kratzte er sich am rechten Schenkel, da, wo es gerade juckte. Doch Aloysius Tong hatte panische Angst vor tropischen Infektionen. Besonders vor Ebola und anderen, noch unentdeckten Killerviren, die im Dschungel lauerten. Trotz der monatelangen Hitze in Singapur hatte er deshalb auf seinem eigenen Anwesen keine einzige Klimaanlage installiert. Nach Ansicht gewisser Forscher, so hatte er jedenfalls in einem Medizinjournal gelesen, seien diese Anlagen hervorragende Brutstätten für zahlreiche gefährliche Keime und Viren. Also ließ Aloysius lieber seinen Schweiß vom Körper herunterrinnen und wechselte drei Mal täglich die Wäsche, bevor er sich selbst solch eine Virenschleuder ins Haus holte. Um jedoch seinen Geschäftspartnern gegenüber nicht unter Rechtfertigungsdruck zu geraten, brachte er zahlreiche, täuschend echt wirkende Attrappen in seiner Villa an. Überall im Haus ertönte das sonore Brummen und Summen vermeintlicher Klimaanlagen. Um unauffällig an diesen Brummton zu kommen, hatte er unter Pseudonym einen experimentellen Musikwettbewerb ausgeschrieben, in dem es um Mimesis und Mimikry ging. Das Überthema lautete »Vom Rauschen der Klimaanlage«.[10]

10 Vgl. Frieder Butzmann: Musik im Großen und Ganzen. Berlin: Martin Schmitz Verlag 2009.

Gegen peinliche Fragen seiner Kundschaft war er somit bestens gewappnet. Im Geschäftszimmer brummte die einzige echte Klimaanlage der ganzen Wohnanlage. Allerdings nur während wichtiger Kundentermine. Danach wurde sie vom Hauspersonal umgehend abgeschaltet.

Prof. Dr. Sanusi Lamido beschlich zunehmend das Gefühl, sein neuer Patient habe ihm nicht richtig zugehört. Er wiederholte seine Frage und wurde dabei etwas lauter: »Wie wäre es also mit einem sozialen Engagement in Afrika?«

»Oh nein! Afrika? Das kann ich nicht!«, murmelte der Angesprochene mit ängstlichem Blick. »Das würde ich nicht durchstehen. Nie und nimmer!« Und außerdem sei dort das HI-Virus sehr verbreitet, fügte er hinzu. Natürlich wusste Prof. Dr. Sanusi Lamido längst von Aloysius' Ängsten, der für ein Einzelkind typischen Schmutzphobie, wie er scharfsinnig diagnostizierte. »Wie wäre es, wenn Sie stattdessen als Kunst-Mäzen tätig würden?« Das sei ein unglaublich erfüllendes Hobby. Man reise um die Welt zu den großen Kunstmessen und Auktionen. Aber garantiert nicht nach Afrika, sondern nach London, New York, Miami, Köln, Stuttgart – eben überall dorthin, wo es kaum oder nur sehr wenige Keime und fast keine Viren gibt. Aloysius erwachte langsam aus seiner Lethargie: »Ja, Kunstmäzen, vielleicht wäre das ja wirklich was für mich ...?!?«

Kraft der Sonnenblume

Es war dies kein spontaner Einfall. Der Psychiater Prof. Dr. Sanusi Lamido betätigte sich selbst als Kunstsammler und bewies darin größte Leidenschaft. Seine therapeutische Tätigkeit ließ er sich fürstlich honorieren. Die Einnahmen setzte er sofort in den Kauf klassischer moderner Kunst um. In seinem Schweizer Bankdepot hortete er zahlreiche Arbeiten deutscher Expressionisten, meist nummerierte, signierte Holzschnitte und Radierungen. Seit der Einrichtung des Depots im Jahr 1987 hatten die Drucke erheblich an Wertzuwachs erfahren. Da der Therapeut befürchtete, aufgrund dieser Kostbarkeiten von Kriminellen entführt und erpresst zu werden, schwieg er über seine verborgenen Schätze. Selbst seine Familie ahnte von nichts. Alle zwei Jahre flog er nach Genf und ließ sich seine Expressionisten im geräumigen Untergeschoss eines Bankdepots vorführen. Im Falle seines überraschenden Ablebens vertraute er darauf, dass seine Familie ohne Aufforderung automatisch die Schließfachadresse von der Bank erhalten würde. Über die ihnen völlig unbekannten wertvollen Kunstwerke würden sie sich bestimmt freuen. Es sollte eine Überraschung werden, die ihn unvergesslich machen würde. Der Sammler träumte davon, dass seine Angehörigen von seiner Bargeldhinterlassenschaft ein Prof. Dr. Sanusi Lamido-Kunstmuseum in irgendeiner Weltstadt, in London, Paris, Abu Dhabi oder New York – notfalls auch in Berlin – errichten würden. Einen Ort der Besinnlichkeit und Kontemplation, an dem sich viele Kunstfreunde an seinen wertvollen Grafiken erfreuen würden. Ob sich seine sehr traditionsbewusste Familie allerdings über die ebenfalls im Schließfach einlagernden, heißblütig-schwülstigen Liebesbriefe seines geliebten Schulfreundes Patrick Chan ebenso freuen würde, darüber machte er sich kaum Gedanken. Leider war sein damaliger Geliebter nicht in der Mailänder Scala gelandet, wie ursprünglich geplant, sondern vegetierte heroinsüchtig in einer üblen Transvestitenkaschemme im belgischen Lille dahin.

Auf jeden Fall hatte der Seelendoktor seinen neuen Patienten erfolgreich mit dem Kunstsammlervirus infiziert. Der Depressive erwachte aus seiner Lethargie und brummte deutlich vernehmbar: »Kunst-Mäzen, klingt eigentlich ganz gut.« Ein Lächeln huschte kurz über sein Gesicht. Der Arzt nickte. »Wissen Sie, so können Sie viel Gutes tun. Denken Sie nur einmal an van Gogh. Dieses verzweifelte Genie. Er starb völlig verarmt. Niemand kaufte etwas von ihm.« Während der Therapeut das sagte, schob er beiläufig ein Dutzend Kunstpostkarten mit den Variationen der van Gogh'schen Sonnenblumen über den Tisch.

»Schrecklich!«, erwiderte Aloysius, während die gleißenden Strahlen von Sonnenblumenblüten in ihn drangen. Sie bohrten sich förmlich in ihn ein. Mit brutaler Konsequenz: Plötzlich rann ein heißkalter Strom des Mitgefühls durch seinen Körper. Nasenspitze, Zehen, Finger – alles vibrierte. Bilder eines einsamen Mannes, der, von allen Menschen unverstanden, seinem tiefsten Innersten Ausdruck verlieh. Ein Vollblutkünstler durch und durch. Tiefschwarze Krähen schwebten heiser krächzend im dunkelblauen, verdüsterten Himmel über ein von Orkanen wild bewegtes Kornfeld. Plötzlich ein Schuss.

Geburt

»Als Sammler und Mäzen können Sie der Welt etwas von dem zurück geben, was Sie von ihr erhalten haben«, sagte Prof. Dr. Sanusi Lamido, »beispielsweise durch Ihre Klimaanlagen.« Mit diesen

48

Worten beendete er die drückende Stille, die nach dem Schuss den spärlich möblierten Raum gefüllt hatte. Einen Moment lang fühlte sich Prof. Dr. Sanusi Lamido wie eine Reinkarnation des Doktors Paul Gachet, der Nervenarzt von Vincent van Gogh. Auch dieser sammelte bekanntlich Kunst.

Abschweifungen des Professors

Selbstverständlich wusste Prof. Dr. Sanusi Lamido, dass van Gogh zu Lebzeiten keineswegs erfolglos gewesen war. Schließlich war er ja nicht blöd, also, damit meinte er sich selbst. Welcher Künstler unter vierzig kann heutzutage schon seine Miete, seine Restaurantbesuche – ja, selbst seine Psychotherapie – in sogenannten Naturalien, also mit Bildern und Zeichnungen bezahlen beziehungsweise verrechnen? Und welcher Künstler hat einen Bruder, der zufälligerweise auch noch Kunsthändler ist? Sicher, sicher, der Kunsthändler Theo van Gogh unterstützte seinen Bruder finanziell. Aber es ist ja wohl klar, dass er nach dessen Tod die von ihm getätigten Investitionen wieder doppelt und dreifach zurückerhalten wollte. Ein völlig normales Verhalten für einen Kunsthändler. Dem kunstliebenden Therapeuten war das jedenfalls klar. Je verkannter, verarmter und hilfloser der Künstler nach seinem Tod geschildert wird, desto besser für den Verkauf seiner Kunstwerke. Mit der generösen Geste eines Vermittlers, eines Helfers von bisher Verkanntem und Übersehenen kann sich der Kunstmarkt dann vorteilhaft ins Licht setzen.

Bei einem selbstbewusst auftretenden, lebenden Künstler ist ein solches Image schwer zu generieren, es macht überdies kaum

Spaß. Oder es ist völlig überflüssig. Nicht verschwiegen sollte werden, dass sich Prof. Dr. Sanusi Lamido selbst niemals seine Gesprächstherapien mit Kunst der Patienten hätte vergüten lassen – und das, obwohl sich unter diesen durchaus ehrgeizige und ziemlich bekannte Künstler fanden. Aber deren Bilder und Skulpturen fand er ganz grässlich und öd, auch wenn sie als Patienten relativ angenehm waren. Klar, wenn sie ihm statt Geld und Schecks einen farbfrischen Otto Mueller oder Ernst Ludwig Kirchner vorgelegt hätten, keine Frage. Dann hätte er natürlich zugelangt. Selbstverständlich wusste Prof. Dr. Sanusi Lamido auch, dass die Flucht von Vincent van Goghs Freund Paul Gauguin vor der westlichen Zivilisation in die europäischen Inselkolonien der Südsee reinster Luxus war. Flucht aus der Zivilisation, nun ja. Das klingt zwar sehr romantisch, besonders für einfältige Geister. Aber auf eine solche Idee hätte seinerzeit mal ein vierzehnjähriger Kohlenbergwerksarbeiter aus dem Ruhrgebiet oder ein Plantagenarbeiter in Arizona während seines zehnstündigen Schichtdienstes kommen sollen. Mit schönen minderjährigen Frauen herumpimpern, unter Palmen liegen und Kokosmilch trinken. Flucht vor der Zivilisation! »Ha, was muss der arme Mann gelitten haben … ist doch lachhaft«, dachte der Therapeut und grinste dabei ein wenig schmierig, »der hat doch gepimpert bis zum Umfallen!« Und trotzdem wusste der Doktor genau, dass dieses kollektive Bild aufrecht erhalten werden musste, um der Gesellschaft einen stabilen Rahmen zu geben. Erst in diesem Rahmen ist eine grenzenlose Kreativität möglich. Nur die fortwährende Generierung von Parallelwelten kann die Stabilisierung der eigentlichen, grundlegenden Welt gewährleisten: der Realität. Das lag in seinem, und liegt wohl auch in unserem ureigensten Interesse. Und deshalb identifizierte sich Prof. Dr. Sanusi Lamido so intensiv mit Vincent van Gogh und seinem Nervenarzt, deren symbiotischer Existenz. Die immer wieder auftauchenden, schmutzigen Gedanken wischte er einfach mit einer abfälligen Geste weg. Schließlich ging es um das Geniale, etwas, was unbegreiflich, was nicht mit Geld zu bezahlen ist. Das Elixier, welches Menschen wirklich unsterblich macht. Und da sind nun mal alle Mittel erlaubt. Und außerdem sehen die Sonnenblumen von Vincent van Gogh und die Tahitimädchen von Gaugin nun mal zum Anbeißen aus. Kaum ein Mensch wird wohl wagen, das ernsthaft zu bestreiten. Und wenn man nicht mehr weiter zu begründen weiß, dann sagt man einfach »Intuition«, das funktioniert immer.

»Sehen Sie, lieber Herr Tong, dieser Künstler starb arm und krank«, wiederholte Prof. Dr. Sanusi Lamido sein Mantra, »und schon ein bisschen mehr Zuwendung und Interesse hätten ihm geholfen, Glück im Leben zu finden.« Vor Aloysius Tongs Augen tauchte ein bleicher Kopf auf, mit kurzgeschnittenem, stoppeligen gelben Haar. Daneben, in einer riesigen tiefroten Blutlache, lag ein einzelnes, abgetrenntes Ohr.

»Wie schrecklich, der Mann war Millionen wert. Er war ein lebendes Aktienpaket und niemand ahnte es!«, entfuhr es Aloysius. »Vincent van Gogh durfte nie in seinem Leben erfahren, wie bedeutsam er eigentlich wirklich war!« Der Therapeut nickte und lächelte verständnisvoll. Dabei kontrollierte er unablässig seinen Gesichtsausdruck. Zumindest kam ihm das selber so vor. Fast zwanghaft kam ihm ständig in den Sinn, dass Vincent van Gogh sehr spät zu malen begonnen hatte, im Alter von sechsundzwanzig und nur zehn Jahre später, mit sechsunddreißig, gestorben war.

Welcher Künstler ist schon mit sechsunddreißig ein Star? In der Regel doch wohl vor allem derjenige, den zehn Jahre später kaum noch jemand kennt. Aber aufgrund der erhofften therapeutischen Wirkung wollte Prof. Dr. Sanusi Lamido seinen Patienten nicht mit belastenden Details verunsichern, deren Authentizität eh niemals vollständig verifiziert werden könnte. In derart existenziellen Situationen geht der Heilungsprozess bekanntlich über alles.

Gesundungsprozess

»Er hat es nie erfahren dürfen, wie bedeutend er war!«, schluchzte Aloysius Tong. Tränen liefen über sein, sich aus langjähriger Versteinerung befreiendes Gesicht. Es leuchtete und erglühte wie ein Kohleofen im winterlichen Hochgebirge. Mehr und mehr fühlte er sich in Vincent van Gogh ein. »Picasso durfte es wenigstens spüren. Er konnte seine Wertschätzung erfahren, den Triumph auskosten. Van Gogh aber durfte es nicht! Es ist wahnsinnig ungerecht!«, weinte der sonst so starke, kühle Geschäftsmann. Seine Tränen rannen herunter wie Sturzbäche nach der Schneeschmelze. Es war fast ein bisschen peinlich. Zum Glück war außer ihm nur der Therapeut anwesend. Auch dass Picasso steinalt wurde, spielte keine Rolle mehr. Aber, wie schon gesagt, es ging ausschließlich um die Therapie eines vollkommen verzweifelten, zutiefst instabilen, verunsicherten Menschen. In diesem Zustand hätte er jederzeit vom Dachgarten seiner Villa springen und sich das Genick brechen können. Oder als aufgedunsene Wasserleiche den Singapur River entlang treiben. In solch einer Situation müssen alle Mittel Recht sein. Würden Sie, liebe Leserin, lieber Leser, es verantworten können, den heilenden Zauber wie eine banale Seifenblase zum Platzen zu bringen? Wäre es das wirklich wert? Das Leben ist sehr viel wertvoller als die kalte, nackte Wahrheit. Außerdem ist diese – im Gegensatz zum Leben – immer relativ. Das wusste Prof. Dr. Sanusi Lamido genau. Und während sich sein Patient in Schüttelkrämpfen wandte, tauchte vor dem inneren Auge des Therapeuten unvermittelt ein wunderschöner Holzschnitt von Otto Mueller auf: Drei nackte rosa Nymphen hüpften ins tiefblaue Wasser einer märkischen Landschaft. Rote Wolken, grüne Kiefern, gelber Strand. Diesen Druck wollte er unbedingt haben. Der fehlte ihm noch in seinem Depot. Kürzlich war die Grafik erst in einem Auktionskatalog vorgestellt worden. Leider war der Schätzpreis unverschämt hoch angesetzt worden, eindeutig zu hoch für seinen Geschmack. Aber er hatte ja jetzt einen neuen Privatpatienten. Dessen Therapie versprach, äußerst kompliziert und aufwändig zu werden. Sehr bedauerlich zwar, aber, um offen zu sein, andererseits auch ein Glücksfall für die Kunst.

Pilzragout

Damien Hirst lebte mit seiner Mutter Claire Hirst, geborene Boyd, in einem öden und rüden Vorort von Nottingham. In dessen Straßen hingen an allen Ecken Überwachungskameras. Hundekot klebte trotzdem an allen Gehsteigen. Offensichtlich war es bisher nicht gelungen, die scheißenden Köter, beziehungsweise ihre Frauchen und Herrchen zu identifizieren. Damien Hirsts Vater galt als ein übler Tyrann, als richtig mieses Schwein, um es einmal klar auszusprechen. Im Grunde aber, in seinem tiefsten Inneren, war er sanft und zärtlich, besonders wenn er mit seinem einzigen Sohn spielte. Jeder, der George-Jonathan Hirst kannte und mit ihm zu tun hatte, konnte das bestätigten. An den Wochenenden sammelte der Versicherungsvertreter begeistert Pilze in den Wäldern von Nottingham Forest. George-Jonathan Hirst kannte alle Sorten, die der heimische Wald anbot, in- und auswendig. Getäuscht hatte er sich bisher nie. Als Mutter und Sohn nach einer dieser Sammeltouren Zweifel an der Echtheit eines Champignons mit leicht grünlichem Hut äußerten, schnitt George-Jonathan Hirst den kleinen Pilz wutentbrannt in Scheiben, bellte: »Champignon!« Er warf ihn in die Pfanne, in der bereits Butter-, Birken- und Parasolpilze schmorten, fügte Sahne hinzu, aß trotzig das Ragout und ging schlafen. Er sollte nie wieder erwachen. Polizei und Staatsanwaltschaft kauften der aufgelösten Mutter und ihrem verstörten Sohn die Geschichte zunächst nicht ab. Sie erschien ihnen unglaubwürdig, einfach zu absurd, an den Haaren herbeigezogen. Zumal der Vater in den Vororten als brutaler Schläger bekannt war und als großer Maulheld galt. Wenig Feinde hatte er jedenfalls nicht. Ein paar Versicherungsbetrügereien gingen auch auf sein Konto.[11]

Verdacht

Ob es nicht sein könnte, dass Claire Hirst selbst ein ganz klitzekleines Knollenblätterpilzchen in die Pilzpfanne geworfen habe, fragte der Kommissar misstrauisch und wackelte dabei affig mit den Hüften. Vielleicht, so hoffte er, rückt sie doch noch mit der Wahrheit heraus. Aber seine Verhörmethode funktionierte nicht. Claire schluchzte nur laut auf und klammerte ihren Sohn so fest

11 Nachbemerkung des Verlags: Die Betrügereien von George-Jonathan Hirst entpuppten sich später als unbelegte Behauptung. Sie müssen deshalb an dieser Stelle entschieden zurückgewiesen werden. Um jedoch die Ursprünglichkeit und Authentizität des Textes zu gewährleisten, hat der Verlag entschieden, die

an sich, dass er panisch nach Luft schnappte. Nichts zu machen.

»Auf verdauten Giftpilzen halten sich Fingerabdrücke nun mal nicht!«, grunzte der frustrierte Kommissar, holte tief Luft und entließ die trauernde Witwe. Für ihn war sie nach wie vor die Hauptverdächtige, obwohl es weder Bargeld noch eine Lebensversicherung oder irgendwelche Sachwerte zu erben gab.

Prä-Raphaeliten

Damiens Mutter besserte ihre magere Witwenrente durch privat vermittelte Putzjobs auf. Ihr Sohn litt sehr unter seinem schmalen Taschengeld. Während andere Jungs stolz mit dem ersten Moped herumfuhren, besaß er lediglich ein rostiges, klappriges Fahrrad mit einer dezenten Acht im Reifen. Der einzige interessante Ort des Kaffs war für Damien die Stadtbibliothek. Dort ging er aber nicht etwa hin, um zu lesen. Nein, Stunde um Stunde blätterte er in dicken Kunstschwarten und vertiefte sich dabei in die Abbildungen der dort reproduzierten Gemälde. Besonders schön fand er die Prä-Raphaeliten aus der viktorianischen Periode, mit langen Gewändern aus Gold und Brokat. Die hatten noch etwas zu sagen, dachte er. Das sieht alles so schön aus, so zauberhaft und eindrucksvoll. Aber heute war die Kunst doch nur noch leer und zynisch. Wenn dem aber so sei, dann wollte er, Damien, der Sohn aus einfachem Hause, es allen zeigen. Er würde sich der Realität stellen und sie gleichzeitig mit Poesie verzaubern. Er würde den Tiefsinn der Prä-Raphaeliten mit dem kalten Materialismus der modernen Zeit verbinden – das war sein Plan. Seine Mutter und er sollten irgendwann im Geld schwimmen. So sollte es sein.

Angaben des Autors hier nicht zu korrigieren, sondern als Ausdruck künstlerischer Freiheit in Kauf zu nehmen. Auch alle anderen Darstellungen betreffend Damien Hirst und seiner Familie sind frei erfunden.

Der Papagei

Stundenlang malte Damien Hirst nun Kühe, Ochsen und Schweine, um welche euphorisierte Menschen mit himmelwärts gerichteten Armen herumtanzten. Hunderte von kleinen Skizzen und Gemälden entstanden. Auch das Kaninchenmotiv von Albrecht Dürer zeichnete Damien in unzähligen Varianten. Mit einer Strumpfhose über dem Kopf wurde es als Bankräuber dargestellt, seine Pfötchen mit echtem Blattgold verziert. Überhaupt Tiere. Während eines Ausstellungsbesuches in der Londoner Tate Gallery registrierte er, dass eine Hornisse, die durch die geöffneten Fenster ins Innere des Museums gelangt war und nun völlig verwirrt ständig gegen die Fensterscheiben knallte, weit mehr Aufmerksamkeit erhaschte als eines der riesigen Ölgemälde an der Wand. Sogar mehr als die von ihm so heiß geliebten Prä-Raphaeliten. Wegen im Wasser badender Nymphen hatte jedenfalls noch nie jemand in den altehrwürdigen Hallen aufgekreischt – nun gut, vielleicht vor hundert Jahren. Aber nun kreischten gleich mehrere Besucher, sogar Männer waren dabei. Darunter zwei, die garantiert nicht schwul waren, wie er feststellte. Von diesen Beobachtungen angeregt, lieh sich Damien den zahmen Graupapagei eines Kommilitonen. Es sollte zunächst nur ein Experiment werden, ein Versuch. Der Vogel, den sein Besitzer auf den albernen Namen »Macho« getauft hatte, krächzte gelegentlich unvermittelt »Küsschen, Küsschen«. Aber nur, wenn sich eine Frau ihm näherte. Eilte dagegen ein Mann herbei, folgte ein harsch-heiseres: »Ficken, ficken!« Das Tier war also hochintelligent: Es war in der Lage, Männer und Frauen voneinander zu unterscheiden, sogar wenn sie bekleidet waren. Ob das Tier den Unterschied nun sah, roch oder hörte, war rätselhaft. Mit diesem hochintelligenten Papagei, der angekettet auf der Schulter saß, ging Damien von nun an täglich in die Museen und Kunstgalerien der Stadt. Niemand achtete auf die Gemälde an der Wand, niemand interessierte sich mehr für die Marmorskulpturen. Alle starrten nur noch auf den krächzenden Papagei. Immer wieder kam jemand näher und das Spiel begann von Neuem. Das Experiment bestätigte seine Annahme. »Die Menschen wollen berühren und sie wollen berührt werden. Sie brauchen etwas Echtes, keinen Stahl, kein Gummi, kein Kunststoff, keine Distanz – nein, sie möchten etwas Unmittelbares, etwas Reales, sie wollen einen echten Körper. Etwas Festes! Im Grunde wollen sie das Leben selbst! In der Kunst suchen sie nach ihrem Leben.« Und er war sich sicher, dass er, Damien Hirst, der kultivierten Menschheit das Gefühl für das Echte, die Wirklichkeit, die Realität wieder zurückgeben würde.

Die Schnake

Am Morgen nach dem Papageien-Experiment – der Duft aufgewärmter Brötchen strömte bereits aus der Küche – fand Damien eine tote Schnake mit langen Beinen und Flügeln. Über Nacht war das Kerbtier durch das geöffnete Fenster in sein Schlafzimmer hineingeflogen und innen, auf dem Fensterbrett, elend verreckt. Es wäre viel zu schade, dieses einst lebende Wesen einfach so wegzuwerfen, dachte er. In seiner Grundschule gab es zwei große Schränke voller Tiere, die in Gläsern mit Formaldehyd konserviert waren. Als Knabe hatte er einen Kanister der Chemikalie aus dem

Schullabor gestohlen. Nicht, weil er etwas damit vorhatte. Nein, es war eher eine intuitive Handlung gewesen, wie er nun deutlich bemerkte. Seit Jahren lag der Kanister im Keller des Hauses der Familie, ungeöffnet. Nun konnte er endlich etwas damit anfangen. Damien schleppte den Kanister nach oben ins Haus und füllte die Flüssigkeit in ein Reagenzglas. Mit spitzen Fingern ergriff er die Schnake und führte den zerbrechlichen Körper des Tieres vorsichtig über das Reagenzglas. Vorsichtig öffnete er seine Hand und überließ die Insektenleiche der Schwerkraft der Flüssigkeit. In der klaren Substanz schwebte nun ein gefallener, zierlicher Engel. Fast schwerelos. Ergriffen vom berührenden Anblick des zarten, realen Körpers begann er nun, auch auf Straßen, Plätzen und Vorgärten nach verstorbenen Tieren zu suchen. Er sammelte alle einigermaßen unversehrten Kadaver, derer er habhaft werden konnte, und legte sie in mit Formaldehyd gefüllte Glasbehälter. Eine ganze Wunderkammer mit echten Körpern füllte sich an. Genau wie in den großen naturwissenschaftlichen Sammlungen sollten die Menschen erstaunen über die Vielfalt, mit der die Natur unzählige Farben, unendliche Formen und Körper kreiert. Echte Körper, richtige Körper. Tote Körper mitten aus dem Leben. Nach den Insekten kamen Regenwürmer und Maden dran, dann Mäuse, Ratten, Vögel und schließlich sogar ein ganzes Kaninchen. Die Körper wuchsen. Von den Tierleichen machte er vor ihrer Konservierung kleine Bleistiftskizzen.

Damien Hirst war gerade neunzehn Jahre alt, als er eine Bewerbungsmappe zusammenstellte und zur Nottingham Academy of Fine Arts sandte. Er hatte großes Glück. Nach einer zweistündigen Aufnahmeprüfung erklärten ihn die Professoren für flexibel, formbar, anpassungsfähig, superehrgeizig, also hochtalentiert für den Kunstbetrieb.

Heribert von Buchelstein

Im Grundkurs, also noch im zweiten Semester, wagte sich der junge Kunststudent bereits an noch größere Tiere. Zunächst war es eine vollständige, an Staupe verstorbene englische Bulldogge. Für diese Kreatur ließ er einen Kasten herstellen, ähnlich einem Aquarium, mit Glas auf allen Seiten. Dort hinein montierte er das auf drei Beinen stehende Geschöpf – die Pfote links war leicht erhoben. Anschließend füllte er vorsichtig Formaldehyd hinein, bis es allmählich bis über den Kopf der Kreatur schwappte. Genaugenommen war dieses Hundepräparat eine Auftragsarbeit, seine erste bezahlte überhaupt. Dorothy Checkenbrick, Herrin des Hundes und Betreiberin einer Beautyfarm im schweizerischen Zug – sie trug den originellen Namen »Your face is wonderful« – strahlte vor Glück, als sie ihren »Heribert von Buchelstein« wie neugeboren im Kasten stehen sah. Er war ganz so, als ob er noch lebte – zumindest für sie. Auch Damiens Kommilitonen waren sehr beeindruckt von der Arbeit. Besonders, als sie erfuhren, dass er für diese Arbeit von der überglücklichen Käuferin 1.000 $ erhalten hatte. Denn die Selbstständigkeit als Künstler war ihr aller Lebensziel. Und das gelingt eben nicht mit schönen Worten oder schönen Bildern – sondern nur durch entsprechende Einkünfte. Traumtänzer ist ein ganz anderer Beruf.

Schrei der Schafe

Am Ende des zweiten Studienjahres fand eine große Zwischenprüfung in den Räumen der Nottingham Academy of Fine Arts statt. Damien hatte dafür extra einen Behälter bauen lassen, in welchem zwei jeweils in der Mitte halbierte Schafe montiert werden sollten. Auf diese Weise konnte jeder Mensch ihre Innereien sehen. Die Schafe kaufte er preisgünstig einem Bauern ab, der sie ursprünglich zu Tiermehl hatte verarbeiten lassen wollen. Mit dem Mehl wurden eigentlich britische Kühe gefüttert, ein nahrhaftes, zusätzliches, stark eiweißhaltiges Kraftfutter. Aber der zentraleuropäische Markt für das Tiermehl war wegen des BSE-Skandals zusammengebrochen. Gern hätten die Produzenten und Marketingexperten das nahrhafte Tiermehl ins außereuropäische Ausland verkauft. Gelegentlich tauchte auch der Vorschlag auf, das Fett der BSE-kontaminierten Kühe durch die heimische winterliche Vogelfütterung zu entsorgen. Der legendäre »Meisenknödel« war schließlich ein Millionenseller in Nord- und Mitteleuropa.[12] Aber der Aufwand schien zu hoch. Auch ein ursprünglich geplanter Weiterverkauf des Fettes nach Südamerika und Afrika an wohltätige Hilfsorganisationen lohnte sich schon wegen der hohen Transportkosten nicht. Die Mitstudenten von Damien Hirst staunten jedenfalls nicht schlecht, als ein riesiger Transportwagen den zentnerschweren, durch Holzverschalung gesicherten Glasbehälter mit einem Kran vor den Eingang der Kunsthochschule hievte. Im Wirrwarr geschnitzter oder gegossener Skulpturen und Plastiken, bunt bemalter Leinwände, Papiere und flackernder TV-Monitore, im Ozean der Vielfalt, stachen die Schafe deutlich heraus. Sie wirkten

---

12 Vgl. Wolfgang Müller: »Der Meisenknödel wird 34«. In: ders. (Hg.): BLUE TIT – das deutsch-isländische Blaumeisenbuch. Berlin: Martin Schmitz Verlag 1997, S. 228 f.

– im Gegensatz zu all den anderen Kunstwerken – echt. Sie waren
wirklich, real. Sie waren sie selbst. Sie stammten aus dem Leben,
auch wenn sie schon tot waren. Selbst die umhereilenden Studenten, die aufgekratzten Professoren und neugierigen Besucher wirkten mit ihrem erstaunten Gesichtsausdruck, im Vergleich mit den
Schafen regelrecht unecht, ja, unwirklich. Ja, nahezu blöd. So stark
und intensiv war die Ausstrahlung der Schafe. Ihre Mäuler waren
leicht geöffnet. Es schien so als ob sie kurz davor wären, laut zu
blöken. Jeder, der sie erblickte, glaubte tiefe, kehlige Schreie zu vernehmen. Sorgfältig hatte Damien ihre Hufe mit Blattgold verziert.
Es war seine Hommage an die so geliebten Prä-Raphaeliten. Die
Unruhe an der Kunstakademie steigerte sich von Minute zu Minute. Allenthalben wurde gemunkelt, dass sich heute ein schwer-
reicher Sammler unter die jungen Künstler, ihre Eltern, Freunde
und Professoren mischen würde, inkognito. Er sei auf Talentsuche.
Nicht nur die Studenten waren nervös, auch die Professoren konnten ihre Aufregung nicht verbergen. Die meisten Professoren waren ursprünglich selbst mal freischaffende Künstler gewesen. Nachdem sie ihre Professuren erhalten hatten und damit ein festes
Gehalt, waren sie von der Kunstwelt schnell vergessen worden. Andererseits brauchten sie sich im Kunstbetrieb nicht mehr ständig
in Erscheinung zu setzen oder sich an Galeristen und Kuratoren
ranzuschleimen. Insgeheim hofften sie natürlich allesamt, dass einst
auch ihre Kunst irgendwann wiederentdeckt werden würde. Dass
ihr von der Arbeit mit der Bürokratie und Machtstrukturen über-
wuchertes Genie trotz seinen schweren Verletzungen wieder wahrnehmbar würde. Beispielsweise durch den Talentscout, der vor Ort
zwischen den Studenten unerkannt herumschlich. Aber es wäre

auch nicht übel, als Vorbild eines jungen studentischen Genies zu enden. Deshalb unterstützten die Lehrmeister ausnahmslos junge Künstler, die gewillt waren, ihnen genau zu folgen, etwas sehr Ähnliches zu machen wie sie selbst. Am besten aber genau das Gleiche.

Talentsuche

In einem eleganten grauen Zweireiher, mit einem schwarzen Hut auf dem Kopf und lässig um den Hals geschwungenem Seidenschal wandelte Charles Saatchi gemächlich durch die Klassenräume der Nottingham Academy of Fine Arts. Doch der süße, dünnflüssige Joghurt in Künstlergestalt, den er suchte, war nirgends zu erblicken. In den renovierungsbedürftigen Gängen und Klassenzimmern drängten sich Menschen. Er drängte sich zwischen sie, aber niemand beachtete ihn oder sprach ihn an. Niemand. Manchmal kam es ihm sogar vor, als wichen die Menschen seinem suchenden Blick regelrecht aus. Ob es wohl sein könnte, dass niemand seine Visage erkannte? Er womöglich unbekannt sei? Dabei hatte er doch extra über seine engen Mitarbeiter das Gerücht gestreut, dass er heute höchstpersönlich der Kunstakademie einen anonymen Besuch abstatten wolle. Vielleicht hatte er mit der Kleidung einfach übertrieben, womöglich entstellte ihn sein Vollbart? Den trug er nämlich erst seit drei Wochen. Oder wirkte er wie einer der Penner, die sich zum Rotweinschnorren in die Vernissagen schleichen? Bei eBay ersteigerten manche Leute Lagerfeldhemden für drei und Anzüge für zehn Euro, nur um billig an Alkohol zu kommen. Mit Erfolg.

Der große, unbekannte, kommende Superstar der Kunst, den

er in diesen Mauern entdecken wollte, ließ sich jedenfalls nirgendwo blicken. Überall das übliche Zeug, nichts Neues. Krude Konzepte. Versiegene Konstruktionen, egomanische Nabelschauen und wirre Gemälde mit irgendeiner lächerlichen Aussage, die im Grunde kein Schwein interessierte. »Alles längst gefressen!«, murmelte resigniert der Mann, der eigentlich als Entdecker gekommen war. Schon wollte er aufgeben, als er zufällig ein kleines graues Pappschild erblickte. Ein roter Pfeil war darunter gekritzelt: »Weitere Jahresarbeiten aus Studiengang 4, ›Bildhauerei und Plastik‹, im Hof links, Raum 243.« Charles Saatchi folgte der Richtungsangabe und gelangte so zu einem Raum, in dem der Glaskasten mit den Schafen stand. Der Arbeit war nicht anzusehen, welche Mühe es gekostet hatte, sie überhaupt hierher, in diesen Raum zu bringen. Sie stand da, als ob es das Selbstverständlichste der Welt war. Aber sie war etwas Besonderes, das spürte ihr Entdecker. Wie stets traten auch in diesem Jahr während der Vorbereitungen zur Studentenjahresabschlussausstellung immense technische Schwierigkeiten auf. So hatte der Glaskasten nicht, wie ursprünglich vorgesehen, in den zweiten Stock durch das enge und verwinkelte Treppenhaus ins Hauptgebäude transportiert werden können. Ein ebenerdiger Raum im Seitenflügel war deshalb extra umfunktioniert worden. Eigentlich befand sich dort die Töpfer- und Keramikwerkstatt. Die Töpferscheiben mussten in einen Nebenraum gestellt werden, während die zwei Brennöfen, da fest installiert, mit weißen Leinentüchern verhängt wurden.

Mildes Herbstlicht fiel durch die kleinen Dachfenster auf den Glaskasten. Die beiden Schafe schrieen aus Leibeskräften. Sie brüllten so laut, dass das Glas zu zerbrechen schien. Fasziniert starrte der Talentsucher auf ihre weit geöffneten Mäuler: »Määh! Määh! Määh!« Er wusste genau, dass er der einzige Mensch auf der Welt war, der ihre Schreie vernahm. Sie drangen bis tief in sein Mark. Plötzlich entdeckte er ihre vergoldeten Hufe. »Wunderbar!«, stöhnte er. Er wusste sofort, dass er es, der bedeutende Charles Saatchi sein würde, der diese wunderbaren Kadaver wieder zum Leben erwecken, ihnen mit seinem Atem Lebendigkeit einhauchen würde. Lebendig bedeutete in diesem Fall, dass die Schreie der Tiere – vergleichbar mit Edvard Munchs berühmtem Gemälde »Der Schrei« – sich zukünftig auch anderen Menschen, ja der ganzen zivilisierten Menschheit, unauslöschlich in den Köpfen verankern sollten. Sie sollten sich unauflöslich mit ihnen verbinden. Nein, es ging dem Mäzen keinesfalls nur um sich selbst, es ging auch nicht um irgendetwas Relatives oder gar um Unaussprechliches. Es ging um Einheit und Grenzenlosigkeit. Und es ging um Festigkeit, Ewigkeit – um das ewige Leben. Gelingen müsste das Vorhaben unbedingt. Denn im Grunde brüllten die Schafe ja schon jetzt aus Leibeskräften. Nur hörte ihnen noch niemand richtig zu – außer er, der große Meister. Er würde die Botschaft den Menschen ganz einfühlsam und Schritt für Schritt vermitteln müssen.

Erster Kontakt

Ganz in der Nähe der Eingangstür stand der junge, blasse Künstler. Er beobachtete den unbekannten Besucher aufmerksam.

»Ist das von Ihnen?«, wandte sich Charles Saatchi an den jungen Mann mit den schmalen Lippen und den fettigen Haaren. »Ja«, antwortete der 25-jährige tonlos.

»Ihre Schafe schreien so wunderbar! Es ist alles so schön. Aber – sind sie auch wirklich echt?«

»Aber sicher. Alles ist aus Fleisch und Blut!« Damien Hirst lächelte und kniff seine Augen und seinen Mund zusammen: »So echt wie Sie!« Dabei wies er mit dem Finger auf den Fragenden.

Charles Saatchi war entzückt. Dieser Grünschnabel, dachte er. So etwas Kesses hatte noch nie zuvor ein Unbekannter zu ihm gesagt. Er, Charles Saatchi, empfand sich ja selbst als ein lebendes Kunstwerk. Eigentlich schon immer. Endlich hatte jemand gewagt, es auszusprechen.

»Was wollen Sie dafür haben?«, fragte Charles Saatchi und wies auf das Duo.

»Was werden Sie mir zahlen?«, erwiderte Damien Hirst.

»Ich biete zwanzigtausend Pfund!«

»Und ich fordere Hunderttausend!«

»Hunderttausend? Ich biete Fünfzigtausend!« Die hohen Forderungen des Kunststudenten überraschten den Milliardär. Eigentlich hatte er erwartet, dass der junge Mann bei der Nennung von zwanzigtausend Pfund freudestrahlend einwilligen würde. Und er war davon ausgegangen, dass er versuchen würde, seine Freude zwar krampfhaft zu verstecken, wie es nun mal üblich ist, nicht nur im Kunstbetrieb. Aber völlig emotionslos? Keine Emotion? Oder war es dem vorlauten Spund etwa möglich, Gefühlsregungen ausgesprochen gut zu verstecken, zu kontrollieren? Dann musste er zudem ein begabter Schauspieler sein.

»Ok, fünfzigtausend, abgemacht!« Den zusammengepressten schmalen Lippen von Damien Hirst entfuhr ein hohes, schlingerndes Pfeifen.

»Haben Sie noch mehr davon?«

»In meinem Atelier habe ich viele unterschiedliche Tiere.«

»Auch größere als diese Schafe?«

»Ja, auch.«

»Was denn, zum Beispiel?«

»Einen Hai«, erwiderte Damien. Eigentlich war es nur eine spontane Idee, ein Assoziationsfunken, der ihm gerade durch den Kopf geschossen war. Um diesem Festigkeit zu geben, setzte er nach: »Einen Tigerhai!« Von jenem Fisch hatte er erst kürzlich etwas in der Zeitschrift *New Geographic* gelesen. Ein zehn Meter langes Exemplar war irgendwo ans Ufer des Atlantiks gespült worden. Oder war es eher ein Walhai? Bevor er sich darüber im Klaren war, sagte Charles Saatchi schon: »Den will ich unbedingt sehen.«

»Er ist noch nicht ganz fertig. In etwa drei Monaten könnte es soweit sein.«

»Drei Monate? Das ist eine extrem lange Zeit.« Eigentlich sollte die Superstarnummer schon in Kürze starten. Charles Saatchi zeigte seine Enttäuschung: »Ok, schon gut. Da kann man wohl nichts machen. Wenn er fertig ist, möchte ich ihn jedenfalls sofort sehen.«

»Kein Problem«, murmelte Damien Hirst und bemühte sich nicht einmal, gelangweilt zu erscheinen. Er war es wirklich.

»Und sieht der Hai genauso aus wie die Schafe? Ich meine, ist er auch so realistisch?«

»Natürlich, er sieht sogar noch etwas realistischer aus. Das kommt daher, weil jeder sofort glaubt, dass er tatsächlich im Ozean schwimmt.«

»Wunderbar!«

»Und er ist natürlich in einem Stück!«

»Wunderbar!«, sagte Charles Saatchi und lachte: »Wir wollen doch keine halben Sachen!«

Damien Hirst verzog keine Miene und dachte: Was für ein blöder Scherz.

Längst war Charles Saatchi mitten in den Planungen seiner FREEZE-Ausstellung. Diese sollte spätestens in einem halben Jahr stattfinden. Die Räume standen angemietet bereit, zu horrenden Preisen in bester Lage, im Herzen Londons. Alles war auf einen Riesenerfolg angelegt.

Damien Hirst stand plötzlich unter Druck. Woher so schnell einen Tigerhai besorgen? Einfach eine Angel an der Küste von Cornwall auswerfen? Gab es da überhaupt Tigerhaie? Wahrscheinlich nicht. Doch er wusste: Im global vernetzten Markt, dort, wo wildfremde Menschen über riesige Entfernungen zueinander finden, sich verabreden, um sich schlachten zu lassen, verspeist zu werden oder andere zu verspeisen, dürfte es wohl kaum unmöglich sein, irgendwo einen Tigerhai im Angebot zu finden. Irgendwo, irgendwie.

Gary Bright (II)

Bei der Frühstückslektüre blätterte Gary Bright aus dem australischen Hobart schnell die Seiten mit den Annoncen durch. Plötzlich hielt er an: Inmitten von Werbeanzeigen für Geländewagen und Immobilien stach eine knallrot, kreischgelb und lila markierte Anzeige hervor: »Suche Tigerhai. Dringend! Nur fangfrisch, ohne Dellen oder Abschürfungen! Zahle, je nach Größe bis zu 8.000 Pfund plus Transport.« Dahinter eine englische E-Mail-Adresse.

Gary Bright erhob sich aus dem braunen Ledersessel, ging ins Arbeitszimmer an seinen Computer und schrieb: »Hallo, habe gerade gestern einen Tigerhai geangelt. Wollte ihn ursprünglich selber präparieren. Genau genommen eine hübsche Tigerlady, ohne Schrammen, Abrisse oder Druckstellen. Sie liegt zur Zeit im Kühlhaus eines Freundes. Sie könnten das Tierchen sofort haben.«

Mary Bright

Er sandte die E-Mail ab und rief zu seiner im Hausflur herumwerkelnden Frau: »Hey Schatz, du kannst beruhigt sein. Alles ist geregelt! Der Hai kommt nicht in unser Wohnzimmer. Er macht eine lange Reise nach England.« Was Mary Bright nicht wissen konnte: Ihr Gatte hatte Greenpeace, Robin Wood, Peta und dem WWF gerade je 10.000 australische Dollar überwiesen, als Spende. Denn er liebte seine Frau sehr. Mit den gestempelten Spendenbescheinungen wollte er sie demnächst überraschen. Dass er durch seine großzügige Spende automatisch in die nächstliegende, tiefere Steuerklasse rutschte, war ein positiver Nebeneffekt.

»Was du nicht sagst«, sagte Mary Bright und zog skeptisch die Augenbrauen hoch. Was ihr Gatte nicht einmal ahnte: Schon vor Monaten hatte sie sich mit einem jungen Rechtsanwalt getroffen und mit ihm über eine Scheidung geredet. Rechtsanwalt William Shoemaker sah wirklich extrem gut aus. Durchtrainiert, mit Sixpack und Bizeps versehen und mit einem dichten, blonden Haarschopf. Die Haare wiesen wirr in alle Richtungen. Er roch wie eine sanfte Meeresbrise, die sich mit dem harzig-würzigen Duft von Kiefern vermischt, und war fast zwanzig Jahre jünger als seine

52-jährige Klientin. Außerdem war er gutbestückt, was ja auch nicht ganz unwichtig war – zumindest für Frau Bright, die nicht nur seine Klientin war, sondern während der langen Beratungsgespräche irgendwann zu seiner Geliebten wurde. William Shoemaker war, trotz seines irreführenden Namens sehr erfolgreich. Seine Klientin Mary Bright liebte er sehr, was sich während der gemeinsamen Besprechungen die anstehende Scheidung betreffend, immer deutlicher herauskristallisierte. In der Tat fand ihr neuer Geliebter Frauen, die deutlich älter waren als er selbst, überaus attraktiv und sexy. Mary Bright war sehr gut gebaut, oben gut ausgestattet, würden die Herren sagen. Schöne, sanfte Lippen, regelmäßige, weiße Zähne – auch wenn sie größtenteils prothetischer Natur waren – und eine melodiöse, angenehme Stimme. Er wechselte seinen Wohlgerüche ständig – und das lag gewiss nicht nur an der großen Auswahl seiner Deos und After Shaves. Manchmal roch er nach wildem Zedernholz mit Orangenblüte, ein anderes Mal nach frischen Zitronen oder Moschus. Auf alle Fälle hatte er die alten, verschütteten Leidenschaften von Mary Bright wieder entfesselt. Sie verzehrte sich nach William Shoemakers sanfter Haut und seinem frischen Geruch. Sogar aus dem Mund roch er gut – ganz im Gegensatz zu ihrem Gatten. Dessen chronische Magenübersäuerung war entsetzlich. Außerdem konnte ihr Geliebter auch zuhören, nicht nur fortgesetzt reden, wie ihr Mann.

»Hallo, hallo?!«, sagte Gary Bright zu seiner unsichtbaren Frau und winkte hektisch mit der Hand. »Wo bist du denn nur, hörst du eigentlich überhaupt noch zu?« Aus dem Flur klangen merkwürdige Geräusche. Ob sie etwa schon wieder die Kakteen umtopfte, fragte sich Gary Bright. Nötig wäre es eigentlich nicht.

»Ja natürlich, fein, fein. Schicke deinen Hai nur nach England!«,
tönte ihre Stimme fröhlich aus dem Flur. Dabei dachte sie: Und
reise bitte gleich hinterher und komm' nie mehr zurück, Arsch-
geige! – Aus Liebe war Hass geworden. Und mit welcher Nahrung
Mary Bright den lebenden Tigerhai gefüttert hätte, ist den aufmerk-
samen Leserinnen und Lesern sicherlich längst klar.

Prof. Dr. Dr. Gunter von Hagens

Der Tigerhai war ein Prachtexemplar. Mit diversen Frachtschiffen,
welche über entsprechende Kühlanlagen verfügten, erreichte er
London am Morgen des 23. Juli 1990. Um das Weibchen möglichst
ohne Verletzungen zu transportieren, hatte Damien Hirst eine australische Spezialfirma ausfindig gemacht, die sich auf den Transport empfindlicher, wertvoller Ware wie Roter Thun spezialisiert
hatte. Die Spedition *Sushi Office of International Oversight Ser-*
vices Internal Audit, Monitoring Consulting Investigations Divi-
sion arbeitete eng zusammen mit einem Genie aus Deutschland.
Der Professor war unter dem Namen Gunther Gerhard Liebchen
in dem kleinen Dorf Alt-Skalden in Polen aufgewachsen. »Liebchen, Liebchen, hab' mich doch ein bisschen liebchen!«, so hänsel-
ten ihn in seiner Jugendzeit die Dorfjungs. Ihnen würde er es eines
Tages schon noch zeigen, das wusste er schon damals. Sie würden
schon noch sehen, was aus ihm, dem verlachten Liebchen, würde.
Und tatsächlich war er heute ein geachteter, ehrbarer Mann. Gleich
nach seinem Studium der Anatomie hatte sich Gunther Liebchen
auf das Präparieren menschlicher Körper spezialisiert. Was damals
niemand ahnte: Liebchen war überbegabt. Erste Erfahrungen hatte

er bereits im zarten Kindesalter mit der Präparation seines geliebten Goldhamsters gesammelt. Doch sein Talent war seinerzeit schlichtweg übersehen worden. Wie sollten auch Menschen, die dümmer waren als andere, ein Genie erkennen können? Und wenn jemand noch genialer ist als alle achtzig Millionen Einwohner Deutschlands, ja sogar genialer als die gesamte Weltbevölkerung – wer bleibt dann übrig, diese Einzigartigkeit zu beschreiben? Genau! Niemand. Die Ansammlung von mumifizierten Nagetieren und Vögeln in Marmeladengläsern, die er als Knabe im Kinderzimmer aufbewahrte, hatte man für die Marotte eines Pubertierenden gehalten. Nun, Jahrzehnte später, war das nicht mehr möglich. Des Professors Plastinate wurden von Menschen in der ganzen Welt bewundert. Dass die schönsten Leichen der Welt nun ausgerechnet aus Deutschland kamen, verblüffte die Menschheit. Früher, also vor wenigen Jahrzehnten, war das eher umgekehrt gewesen.

Es war einfach niemand mehr daran gewohnt, nach gewissen Ereignissen, die aus hiesig bestehenden Platzgründen nicht weiter beleuchtet werden können. Stundenlang standen nun die Menschen auf allen Kontinenten Schlange, um das kunstvolle Leichenkabinett des deutschen Genies zu bestaunen. Mit grandiosem Erfolg: Unzählige enthusiastische Menschen aus Europa, den USA und anderen zivilisierten und aufgeklärten Staaten der Welt vermachten dem Wunderprofessor – wie sie ihn liebevoll nannten – testamentarisch ihre eigenen Körper. Auch nach dem Tod wollten sie nützlich sein, nützlich für die kommende Gesellschaft. Sie wollten so etwas repräsentieren wie die »lebenden Bilder« der Goethezeit – nur eben in tot. Man könnte auch sagen: Sie wollten niemals mehr unnütz für unsere Gesellschaft sein, nicht einmal als Leiche. Die enthusiastischen Fans des Gunther Gerhard Liebchen, der sich nun in Prof. Gunther von Hagens umbenannte, waren gleichzeitig seine zukünftigen Exponate. Sie waren sich dessen bewusst. »Es wäre doch Verschwendung, meinen Körper nach dem Tod einfach so wegzuwerfen oder ihn in einer Holzkiste Würmern und Maden zum Fraß vorzuwerfen«, sagten Franz Grossmann und seine Frau Ilka Rabe-Grossmann. Lieber wollten sie nach ihrem Ableben weiter den Überlebenden von ihrem Glück als goldenes Hochzeitspaar berichten. Das war ihnen nur möglich durch Gunter von Hagens. In seinen Ausstellungen zeugten ausgestopfte Schachspieler, kickende Fußballspieler, Skateboardfahrer oder hochschwangere Frauen von den Geheimnissen des Körpers, der Vielfalt des Lebens und den Berufsaussichten der zivilisierten Menschen. Eine aufklärende Kunst zu beiderseitigem Nutzen: Die Präparate wollten die Freude zurückgeben, die sie in lebendem Zustand einst als Ausstellungsbesucher durch andere Menschen erhalten hatten, welche sich ebenfalls zu Lebzeiten als zukünftiges Präparationsobjekt der Wissenschaft zu Verfügung gestellt hatten. Eine sogenannte *Intra-Aktion* (sic!) entwickelte sich, das heißt, ein geschlossener Kreislauf des Todes mit dem Leben und des Lebens mit dem Tod – gleichzeitig. Der Erfolg der Leichenshow »Körperwelten« war grandios. Er überstieg sogar die gigantischen Besucherzahlen der bis dato erfolgreichsten deutschen Kunstausstellung, nämlich »Entartete Kunst«, welche am 19. Juli 1937 in München in den Hofgarten-Arkaden eröffnet wurde. Diese zog seinerzeit über zwei Millionen Besucher an. Das waren weit mehr Gäste, als die zeitgleich stattfindende »Große Deutsche Kunstausstellung« im Haus der Deutschen Kunst verzeichnen konnte. Sie wurde nämlich nur von 420.000 Menschen gesehen. Doch die Wanderausstellung »Körperwelten« übertraf einfach alles. Mehrere Millionen Besucher aus aller Welt eilten herbei, um sie zu sehen. Viele kauften als Souvenir in Scheiben geschnittene Körper aus dem Museumsshop. Es war zauberhaft! Wer hätte gedacht, dass der Körper so farbenfrohe Muster bilden kann? Die Ausstellung bewies einmal bis zur letzten Konsequenz: Alles am Menschen kann nützlich sein. Jeder Teil. Nicht nur seine Gedanken und seine Gefühle. Sogar sein stinkender, verwesender, seelenfreier Körper. Er muss nur gut gekühlt und dann ordentlich plastiniert werden.

Während sich Damien Hirst als Künstler und Finanzexperte zugleich verstand, sah sich das deutsche Genie als eine Art Wissenschaftler, der durch die offenen Fragen, die bei jedem Forschungsprojekt entstehen, geradewegs in die Arme der Kunst gelaufen war. Wie die Jungfrau zum Kinde kam, so wurde er unversehens zum Künstler. Und sein Körper zum Kunstwerk.[13] Durch das Interesse der Gesellschaft an Aufklärung und Vernunft, kombiniert mit dem leider unaufgeklärten Rätsel des Lebens, wurden seine Plastinationen tatsächlich zu Kunst, zu Skulpturen der Zeit. Das ästhetische Ergebnis überraschte im Endergebnis sehr: Was dem einen das Tier, ist dem anderen der Mensch – echte Körper ähneln sich.

Die Laokoongruppe

Bedauerlicherweise steckten die Forschungen des Gunther von Hagens gerade in einer Sackgasse. Fest versprochene Körper aus

13 Der Künstler Timm Ulrichs klagte deshalb ein Leben lang immer wieder auf »geistigen Diebstahl«, vergeblich. Staatsanwalt Omago Tamura konnte nachweisen, dass der »Kuckuck« keineswegs der einzige Vogel sei, der den eigenen Namen rufe, wie der Künstler seit Jahrzehnten mit einem seiner Totalkunstwerke behauptete, sondern auch der »Zilpzalp«, der »Uhu« und viele andere Vogelarten, die dem Künstler gänzlich unbekannt waren. Als der Künstler empört ausrief:

US-amerikanischen Todestrakten konnten wegen unklarer Zollbe-
stimmungen nicht ausgeliefert werden. Sie steckten fest in den
Kühlfächern irgendeiner Zollbehörde. Angeblich fehlten noch Un-
terschriften und ein paar Formulare.

Die Körper gehörten drei Anhängern der »Körperwelten«. Doch
hatten deren ursprüngliche Besitzer die Ausstellung nur aus dem
Fernsehen gekannt, wurden aber sofort große Fans des großen Plastinators. Alle drei waren zu Lebzeiten Bodybuilder und mutmaßli-
che Mörder. Darunter befand sich auch ein wahrer Riese. Zwar
hatte die Hinrichtung der drei ordnungsgemäß stattgefunden.
Doch waren die Körper bei der Exekution auf dem elektrischen
Stuhl derart angeschmort worden, dass eine technische Nachunter-
suchung vor Ort erfolgen musste. Denn so etwas sollte ja eigentlich
nicht passieren. Auch die Untersuchung ihrer Körper war nötig geworden. Eigentlich hatte Gunther von Hagens beabsichtigt, mit
den drei Edelstahlkörpern die späthellenistische Laokoongruppe
aus der vatikanischen Sammlung nachzuempfinden. Endlich in den
Olymp zu Leonardo da Vinci und Michelangelo aufzusteigen.
Aber nun stand er doof da, mit leeren Händen, beziehungsweise einer riesigen toten Schlange. Immerhin das hatte problemlos funktioniert: Die Einfuhr einer Riesenschlange, einer acht Meter langen
grünen Anakonda, die extra in Südamerika gefangen worden war.
Es war wirklich ärgerlich. Die drei Bodybuilder hatten sich so sehr
darauf gefreut, zur Laokoongruppe zu werden. Stattdessen wurden
sie schließlich in hauchdünne Scheiben geschnitten und landeten
im Touristenshop der *Körperwelten*-Ausstellung – als Schlüancelan-
hänger! Wer hätte das ahnen können? Nachdem der Professor vor
ein paar Wochen zuvor mit ihnen gemeinsam telefonisch einen aus-

»Ich habe alles zuerst entdeckt, alles!« und dabei seine Rolle mit der des Christoph Kolumbus verglich, verwies man ihn streng auf Eiríkr rauði Þorvaldsson,
bekannt auch als Erik der Rote. Und zudem auf die Besiedlung des Kontinents
durch die Erstbewohner, die von den Kolonialherren wegen einer Ortsverwechs-
lung irrtümlich als »Indianer« bezeichnet wurden. Alles wird also immer nur anders neu erfunden.

führlichen Exkurs in die Kunstgeschichte unternommen hatte, hatten sie alles verschlungen, was die Gefängnisbibliothek über die wundervolle Lakoongruppe hergab. Es war leider nicht allzu viel. Deshalb hatten ihnen ihre Angehörigen Bücher und Bildbände zum Thema geschenkt. Natürlich war der Professor, wie fast alle anständigen Deutschen nach 1945, ein überzeugter Gegner der Todesstrafe. Das nur am Rande, damit kein falscher Eindruck entsteht. Er lehnte die kulturell hochstehenden Formen der Exekution durch Elektrizität oder Injektion genauso ab wie die primitiven Varianten, also Steinigung beispielsweise: »Gerade bei den primitiven Formen wie der Steinigung gehen die Präparate völlig kaputt! Daraus lässt sich anschließend nichts mehr machen. Ein Grund mehr, diese Grausamkeit zu verurteilen.«

»Es hilft nichts!«, klagte er gegenüber Dr. Hartmut Huschke, einem Abteilungsleiter seiner Firma. »Um den Vertrag einhalten zu können, müssen wir wohl zusätzlich ein paar Leichen aus China oder dem Iran ordern.«

»Gibt es da überhaupt Bodybuilder?«, fragte Dr. Huschke vorsichtig nach. »Sind die Männer da nicht alle etwas sehr zierlich?«

»Keine Verallgemeinerungen, bitte!«, verbat sich von Hagens die altklugen Belehrungen seines Untergebenen. »Zunächst müssen wir sorgfältig die Lieferlisten durchsehen, vielleicht ist ja zufällig irgendein Körper vergessen worden und liegt noch irgendwo herum. Was könnten wir auch sonst tun?« Dr. Huschke dachte an die vielen schönen Männerkörper, denen derzeit die sinnlose Gewalt im Irak zum Verhängnis wurde. Mit Plastination der über zweitausend getöteten amerikanischen Soldaten, ihrer Alliierten, sowie den Körpern der inzwischen 105.850 irakischen Zivilisten, die seit dem Einmarsch der amerikanischen Armee im Jahr 2003 Terroranschlägen zum Opfer gefallen waren, hätte man leicht die wunderschöne Terracotta-Armee aus der Han-Dynastie übertreffen können. Auch wenn man natürlich die Körper der weiblichen Zivilopfer von der Rechnung abziehen muss. Frauen kommen in der Terracotta-Armee nun mal nicht vor.

Was der Leichenkünstler bei seinen Hochrechnungen allerdings vergaß: Die Körper aus dem Irak waren meist noch mehr demoliert als die über zweitausend Jahre alten chinesischen Tonfiguren. Die Restaurierung der von Granaten, Bomben und anderen Kollateralschäden übelst heimgesuchten Körper hätte das gesamte Jahresbudget der Gubener Plastinationsfirma phänomenal überschritten.

Differenzen und Ähnlichkeiten

Gunther von Hagens Werkstatt im ostdeutschen Guben war der größte Arbeitgeber der Umgebung. Im Stundentakt wurden Körper aus aller Welt eingeliefert und sorgfältig weiterverarbeitet. Auf die Erfindung des Wortes *Plastination* war der Plastinator fast so stolz wie auf das Verfahren selbst. Er war ein kunstsinniger, feinsinniger Mann. Deshalb, die kleine Anmerkung sei mir gestattet, ist es auch kein Zufall, dass in der Plastination nicht nur ein Körper, sondern auch das Wort »Nation« steckt. »Der Mensch hält maximal hundert Jahre«, sagte der Professor und tippte mit einem Bambusstock auf einen frischimportierten Körper mit männlichen Geschlechtsteilen, der auf dem Metalltisch lag: »Meine *PlastiNationen* aber halten hunderttausend Jahre. Mindestens!« Von Hagens lachte schallend, wenn das kleine Wortspiel durch die Betonung des Buchstabens »N« beim Gegenüber ankam. Magensäure stieg dann auf. Ein mürber, unangenehm süßlicher Verwesungsgeruch waberte durch das Labor. »Meine Körper sind nicht nur sicherer, sondern auch haltbarer als jedes Atomkraftwerk.« Hastig spachtelte er dabei ein zerfranstes Loch am Hinterkopf eines Drogendealers aus irgendeinem arabischen Staat zu. Doch sollte mit der Spachtelei keinesfalls etwas verheimlicht werden. Es ging lediglich um den ästhetischen Gesamteindruck der Plastik. Deshalb gab Gunter von Hagens zu kritischen Fragen immer bereitwillig Auskunft. Er konnte Zweifel beim Publikum schnell zerstreuen, wenn er betonte, dass es nichts zu verstecken gebe und er nichts zu verstecken habe. Im Gegenteil: er wolle alles zeigen. Alles. Sein Wissen wolle er allen Menschen vermitteln. Insgeheim sah er sich als Nachfolger von Leonardo da Vinci und Marie Curie, die in seinem beseelten Körper zu einer Persönlichkeit verschmolzen waren. Aber dieses kleine Geheimnis kannte nur seine Ehefrau. Unbescheiden wollte er nämlich nicht wirken – und intersexuell schon gar nicht. Auch distanzierte er sich deutlich von den medizinischen Experimenten seiner Kollegen in Deutschland zwischen 1933 und 1945. Zwar fand er einiges durchaus interessant, aber in ethischer Hinsicht lehnte er diese Experimente entschieden ab. »Die Menschen müssen vollständig tot sein. Solange Menschen leben, interessieren sie mich überhaupt nicht!« Seine Genialität und seine große Sensibilität gegenüber dem menschlichen Körper war beeindruckend. Schließlich vermittelte ihm ein kirgisischer Doktorand den langersehnten Professorentitel. Leider durfte er damit nur die Kirgisen beeindrucken. In Deutschland klagten Neider gegen den dort nicht offiziell anerkannten Titel, mit Erfolg. Deshalb kaufte sich Gunther von Hagens schließlich einen amerikanischen Hut Marke Stetson und steigerte sich allmählich in den längst verstorbenen Künstler Joseph Beuys hinein. Dieser war ein Bildhauer, der seinerzeit sehr bekannt war und der den Kunstbegriff irgendwie erweitert hatte. Gunther von Hagens nahm diese Erweiterung sehr wörtlich. Seine Leibesmetamorphose funktionierte deshalb gar nicht mal so schlecht. Zudem gab es eine gewisse physiognomische Ähnlichkeit mit dem Gesicht des Verstorbenen. Mit dessen Hut und Weste versehen, die er preiswert bei eBay erstanden hatte, assoziierte jeder Mensch mit ihm den Professorentitel und damit auch den toten Joseph Beuys selbst. Ein Meisterwerk der mimetischen Kunst.

Die Hirst-Hagen-Connection

Professor Gunther von Hagens war ausgesprochen hilfsbereit und hatte immer ein offenes Ohr für jede und jeden. Auf die Anfrage des jungen britischen Kunststudenten Damien Hirst antwortete er sogleich mit ausführlichen Hinweisen zum Transport leicht verderblicher organischer Materialien. Er empfahl die hauseigene Speditionsfirma. Dem ratlosen Studenten aus Nottingham ging es offensichtlich um den Transport eines großen, toten Fisches. Soweit er es verstanden hatte, handelte es sich um einen Hai, genauer: einen Tigerhai. Er, Professor von Hagens, hatte gerade die Plastination eines Skateboardfahrers in voller Aktion vollendet[14], ein höchst kompliziertes Unterfangen. Schon das Gleichgewicht der auf einer einzigen Hand stehenden Leichenskulptur herzustellen – das Skateboard verharrte sozusagen auf dem Turnschuh oben in

14 Wegen Copyrightschutzbestimmungen ist die Reproduktion Gunther von Hagens' Plastinat »Skateboardfahrer kurz vor dem Loop« aus zwei Gründen untersagt. Dieses Recht umfasst das Persönlichkeitsrecht der skateboardfahrenden Person selbst beziehungsweise deren Rechtsnachfolger wie Familie, Ehepartner etc. Das andere umfasst das Recht des Künstlers Gunther von Hagens, der den Körper des Persönlichkeitsrechtgeschützten als Plastinat sozusagen in eine künstlerische Form brachte.

der Luft – war eine Meisterleistung »Gleichgewicht, Leichgewicht, Leichengewichte ...« – der Professor assoziierte mal wieder wild drauf los. Gefangen im Netz der Wissenschaft, schien er völlig abwesend zu sein.

Der neugierige Dr. Huschke lehnte sich über seinen Computer: »Herr Professor! Sollten nicht besser wir einen sehr großen Fisch präparieren, bevor es ein anderer tut? Wir wären damit die ersten Menschen auf der Welt.«

Prof. Gunther von Hagens' Magensäure rumorte: »Ha, Fisch? Warum denn das? Wir bleiben bei Säugetieren. Die sind die Krone der Evolution.« Er machte eine abfällige Bewegung mit der rechten Hand. »Verschonen Sie mich zukünftig mit klugen Ratschlägen. Ich habe längst einen Blauwal von fünfundzwanzig Meter Länge geordert!« Tief atmete von Hagens ein, seine Lunge rasselte wie eine Pappel im Wind. Dann bellte er unvermittelt los: »Sie kapieren's wohl immer noch nicht? Der Wal sieht genauso aus wie ein großer Fisch und trotzdem passt er perfekt zu meinem Säugetierstil, oder?«

Meeres-Plastinatorium

Dr. Huschkes Gesicht versteinerte. Das Genie wusste einfach alles. Im Tresor des Prof. Gunther von Hagens lagerten bereits die Pläne: Ein Blauwal, vor Feuerland gefangen, sollte präpariert und ins Zentrum des ersten Meeres-Plastinatoriums der Welt gestellt werden. Dieses Plastinatorium bestand aus einem quadratischen Kubus, Durchmesser etwa hundert mal hundert Meter. Darauf thronte eine riesige Glaskuppel, gefüllt mit Formaldehyd. In dieser schwebte der Blauwal. Das Publikum sollte, ausgerüstet mit einer Art Taucheranzug mit Sauerstoffzufuhr, zunächst in das geöffnete Maul des Tieres schwimmen, um an dessen Anus wieder auszutreten. Während dieses Rundgangs würde der Besucher im Innern des Tieres mit Wissenswertem über die Funktion der Gallenblase, der Verdauung, des Nerven- und Blutsystems informiert werden. Beleuchtete Schaukästen mit mehrsprachigen Infos sollten den Weg weisen. Selbst an ein kleines Museumscafé war gedacht worden. Es könnte im riesigen Magen des Blauwals errichtet werden. Erreichbar wäre es über eine Kammer mit Druckausgleich und Umkleidekabine. Die Taucher müssten also Kaffee und Gebäck nicht in voller Montur zu sich nehmen.

»Dieser junge Spund aus England kann die Welt doch erst beeindrucken, wenn er Menschenkörper einsetzt.«, lachte der Forscher, wobei sich alter, festsitzender Schleim im Hals freimachte: »Es gibt also gar keinen Grund, nervös zu werden. Ich helfe gern!«

Postmoderne Kombination

In der Tat unterstützten die detaillierten Auskünfte des Professors Damien Hirst sehr. Der organisatorische Aufwand des Haitransports schien dennoch immens zu sein. Eigentlich war die Logistik für sich gesehen schon das halbe Kunstwerk. Versehen mit vielen guten Tipps und Wünschen des Plastinators, transportierten Spezialisten den Tigerhai in eine eigens gemietete Lagerhalle des Industriegebiets von Hobart. In mehreren technisch aufwendigen und komplizierten Verfahren wurde er vor Ort so präpariert, dass sein Körper unbeschadet die nächsten tausend Jahre überstehen würde oder wenigstens zwanzig. Zahlreiche Elemente der Plastinationskunst von Prof. Gunther von Hagens bezog man dabei mit ein, ebenso die klassischen Formaldehydtechniken. Eigentlich bestand der geniale Clou in einer postmodernen Kombination von altbekannten Techniken mit neuen. Irgendwann landete die Tigerhaidame in einem Schiffsrumpf mit integrierter Kühlanlage. Neben ihr stapelten sich unreife Kiwis, Mangos und Bananen.

Im Rausch der Entdeckung

Inzwischen hatte Charles Saatchi weitere junge, vom Markt noch unbeleckte Kunststudenten ausfindig gemacht. Sie hatten das Zeug dazu, zu kommenden Superstars der Modernen Kunst zu werden. Einer von ihnen trug den sonderbaren Namen Francesco A. Buzzelbeb. »Wenn die Welt erst seine Kunst sieht, wird niemand mehr über ihn spotten!«, wusste Charles Saatchi. »Und notfalls bekommt er halt einen Künstlernamen von mir verpasst.« Francesco A. Buzzelbeb malte seine Bilder ausschließlich mit eingetrocknetem Taubenkot. Damit wollte er auf die, wie er es ausdrückte, »Zivilisationsleistung und Degeneration der Felsentaube« in den Großstädten unserer überkultivierten Welt aufmerksam machen. Von U-Bahnhöfen und Haussimsen kratzte der Künstler tonnenweise ätzenden Taubenkot ab, um die gewonnene Substanz anschließend mit Öl zu verbinden. In seinem Atelier stank es bestialisch nach Guano, aber die anschließende Verbindung mit Lavendelöl fror den Gestank ein. Lavendeldüfte waberten nun durch das Atelier. Die mit dieser wohlriechenden Vogelkotpaste gemalten endlosen Straßenschluchten berührten das Publikum sehr. Besonders dann, wenn es erfuhr, aus welchem Material die dick und schmierig aufgetragene silbrig-schwarze Farbe bestand, an der man laut Anweisung langsam mit dem Finger entlang fahren sollte, um »ein Gespür für Struktur zu bekommen«.

Eine weitere sensationelle Entdeckung war ein Kunststudent, der Sozialhilfeempfänger gegen Entlohnung mit brutal-stümperhaften Tätowierungen versah und ihnen anschließend Mini-Jobs in öffentlichen Einrichtungen, wie Gartenbauämtern und Sozialstationen, verschaffte. »Kunst darf das Soziale nicht aus dem Auge verlieren!«, meinte Charles Saatchi, wenn er vom fahrenden Auto aus zufällig einen besonders abgeranzten Trödelladen oder eine Menschenschlange vor einer Suppenküche erblickte. Besonders angetan war der Werbemogul von einer jungen Künstlerin, die Matratzen mit ihren und fremden Körperflüssigkeiten benetzte, um auf diese Weise auf die Verbindungen zwischen Materie und Leben hinzuweisen. In den bunten Reigen seiner Entdeckungen gesellten sich etliche Maler und ein Bildhauer, der zuvor in einem Wachsfigurenkabinett erste Erfahrungen gesammelt hatte. Der Bildhauer schuf beeindruckend realistisch wirkende Figuren. Bei deren Anblick sagten die Menschen reflexartig »Oh!« und »Ach!«. Ähnlich muss es in der Renaissance im Vatikan geklungen haben, in den großen Hallen unter den alten Gewölben, beim Anblick der Deckengemälde Michelangelos.

FREEZE

Die Ausstellung Freeze war ein Bombenerfolg. Begeistert überschlugen sich Kritiker und Kunstschreiber in Fachzeitschriften und Tageszeitungen. Das Publikum strömte scharenweise in die Kunsthalle, die sich in einem ehemaligen Lagerhaus befand. Charles Saatchi las alle Kritiken sorgfältig durch, ließ ausländische Rezensionen sogar übersetzen. Da er wusste, dass Kunstkritiker kaum Geld hatten und sich einige von ihnen deshalb für besonders unabhängig und unkorrumpierbar hielten, war ihm deren Neutralität besonders wichtig. Später wollte er nämlich einige der besten Autoren für sich verpflichten. Besonders scharf war er auf eine Spiegel-Online-Redakteurin, die als Meisterin der gepflegten Analyse galt. Elke-Brigitte Neuenhaus galt als Gesellschaftsgenie. Ihre Ohren bemerkten jede noch so leise Klimaveränderung: »Früher war es den Mäzenen schnurzpiepegal, wer und was jemand über ihre Kollektionen schrieb«, diktierte die Redakteurin ihrem Assistenten, »oft bezahlten sie Schreiber für ihre Arbeit oder stellten sie fest an. Doch heute verfassen die Mäzene und Sammler die Kritiken über ihre eigenen Sammlungen meistens selbst. Dabei lassen sie sich durchaus von der Meinung der Medien und der des Publikums inspirieren. Warum auch nicht? So offenbart sich echter Fortschritt.« Elke-Brigitte Neuenhaus war dafür bekannt, jeden Künstler, den sie traf, herzlich zu begrüßen, um den Eindruck zu erwecken, sie habe Großes mit ihr oder ihm vor. »Oh ja! Schicken Sie mir unbedingt ihren neuen Katalog! Es ist wundervoll, was Sie so alles machen. Man hört so viel.« Und nun stapelten sich täglich neue Kataloge in den Redaktionsräumen von *Spiegel Online*. Sie wanderten umgehend in den Schredder. Doch ging der Schreddersalat anschließend nicht etwa in den Müll. Im Gegenteil: Die Papierstreifen legte die Redakteurin heimlich in Umzugskartons, um sie einem, von ihr hoch verehrten Künstler zu bringen, der daraus großformatige Klebebilder produzierte. Streifen für Streifen ließ Manuel-Günther Oertelmann von seinen vier Assistenten auf Hartfaserplatten nebeneinander kleben, bis die Hartfaser mit den Papierstreifen gänzlich bedeckt war: »Jeder vermeint förmlich die Gestaltungsvielfalt und Kreativität zu erblicken, die in den Relikten dieser Katalogabbildungen von Gemälden, Zeichnungen, Skulpturen und Plastiken steckt.« Zuvor hatte Oertelmann das Konzept bereits mit den schmalen Bändern bespielter Audiokassetten durchgespielt. So sollte beim Anblick »die Phantasie erklingen«, wie er einer Reporterin erklärte. Doch war er umgehend des Plagiats bezichtigt worden und hatte sich verschreckt nach einem neuen sinnreichen Material umgeschaut.[15]

Bei den vielen ehrgeizigen, verzweifelten Künstlern, die sich herumtrieben und auf das große Los hofften, weckte die resolute Journalistin und Galeristin Elke-Brigitte Neuenhaus große Begehrlichkeiten. Bei jedem zufälligen Zusammentreffen fiel sie ihnen begeistert um den Hals. Und da sie grundsätzlich nur über bereits bekannte, völlig abgesicherte Künstler schrieb, glaubten die Umarmten oft, sie persönlich gehörten bereits zum Club der Auserwählten. Viele, die ihr begegneten und freudestrahlend begrüßt wurden mit »So eine wunderbare Ausstellung! Ein toller Katalog!«, gingen fast automatisch davon aus, diese Begeisterung hätte irgendwelche nennenswerten Folgen. Doch sie hatte absolut keine. Von Elke-Brigitte Neuenhaus war das aber gar nicht böse gemeint. In der Ära postmoderner Beliebigkeit war der Ausdruck reflexartig aus dem Körper sprudelnder Gefühle eben wichtiger als deren Abbild – so gelungen und ernsthaft dieses Abbild auch sein mochte. Inzwischen erfasste die allgemeine Begeisterung für mo-

15 Christiane Meixner: »Tausend Meter Kassettenband. Die im Kunstwerk konservierte Musik setzt sofort Fantasien frei. Jeder hört sein eigenes Lied: Gregor Hildebrandt in der Berlinischen Galerie«. *Der Tagesspiegel,* 28.7.2009.

derne Kunst nämlich auch diejenigen, welche sich eh nicht vorstellen konnten, das hinter all dem etwas stecken könnte. Selbst die Illustrierten, die mit moderner Kunst zuvor kaum hinter dem Ofen hervorzulocken gewesen waren, stimmten in den Chor des Jubels mit ein. Das Konzept von Charles Saatchi war aufgegangen. Kunst war zu einer Art Rock- und Popkonzert geworden. Ohne tiefschürfende Ansprüche.

Fountain

Im Zentrum von FREEZE stand klar der Tigerhai von Damien Hirst. Eindeutig. Der neue Geldadel, die Immobilienspekulanten und Hedgefondsmanager rissen sich um die Werke der jungen Künstlergenies. Schlagartig wurden die Künstler berühmt. Sie gingen als Nobodys ins Bett und wachten weltberühmt auf. Über Nacht zum Superstar. Wie im Rausch kauften die Nachfolger der aristokratischen und geistlich-religiösen Herrscher und Kunstmäzene gerahmte, mit Vogelkot verschmierte Bettlaken, eingedellte Mülleimer aus Blech und Unmengen präparierter Tierleichen. Immense Summen von Schwarzgeld aus Drogenhandel, Prostitution, Veruntreuung, Bestechung, Mietwucher und Betrug wechselten auf die Konten engagierter Galeristen. Nie zuvor hatten sich schmutzige Kröten so schnell in blütenweiße Banknoten verwandelt. Nie zuvor in der Geschichte der Menschheit war Kunst gleichzeitig so sehr reiner Geist, erhebende Spiritualität. Alles Feste, Starre und Harte wich dem Weichen, Organischen und Gegenwärtigen. Zwar schimpften einige Kritiker der alten Schule heftig auf Marcel Duchamp. Sie gaben dem Erfinder des *Ready-Made* die Schuld an dieser Entwicklung. Erst mit seiner Verwandlung eines gewöhnlichen Pinkelbeckens in ein Kunstwerk namens »Fountain« habe er den Weg zu dieser fatalen Entwicklung geebnet. Aber diese Stimmen kamen meist nur von ehemaligen Maoisten und Anhängern von K-Gruppen, die in den 1980er Jahren die Grünen gebildet hatten und inzwischen einen auch ästhetisch schwer genießbaren Bürgerkosmos gebildet hatten. Strenges Rauchverbot herrschte im Freiheitskampf am Hindukusch – kerngesund sollten die Soldaten bis in den Tod sein. Im Laufe der Jahre hatte man dort gelernt, die Unterschiede wahrzunehmen. Mit den Ähnlichkeiten, die hinter den Außenhüllen lauerten, war man jedoch gnadenlos überfordert.

The Physical Impossibilty of Death in the Mind of Someone Living

Nach der sensationellen Ausstellung wechselte der Tigerhai von Damien Hirst mehrfach seinen Besitzer, steigerte ständig seinen Preis und landete schließlich bei dem auf drei Milliarden geschätzten Hedgefondsmanager Steven Chickenbone aus Connecticut. Für knapp neun Millionen Dollar erwarb Chickenbone das Kunstwerk mit dem Titel »The Physical Impossibility of Death in the Mind of Someone Living« im Jahre 2004. Die englische Boulevardzeitung *Sun* lästerte »Millions for Fish without Chips«. Aber das war nur Gemäkel, der Endausläufer einer alten, längst überholten Kunstfeindlichkeit. Vermittelt hatte den Deal an Chickenbone jedenfalls der New Yorker Kunsthändler Larry Gagosian, der für den Hai selber rund acht Millionen bei Charles Saatchi gezahlt haben soll – angeblich. In Wirklichkeit war es natürlich nur halb so viel gewesen. Aber die hohe Zahl steigerte die Begehrlichkeit und damit den Wert des Kunstwerkes. Abgesehen davon wurde die Summe zwar von Gagosian eingezahlt, aber nach kurzer Zeit wieder rücküberwiesen und als sogenannte Spende für irgendein ominöses Wohltätigkeitsprojekt für leidende Kinder in Ambrosia verbucht. Erst Jahrzehnte später fiel einem Steuerbeamten auf, dass ein asiatischer Staat namens »Republik von Ambrosia« überhaupt nicht existierte. Im Oktober 2008 platzte die Immobilienblase in den USA. Steven Chickenbones Gewinnkurve wies steil nach unten. Er hatte sich verspekuliert, sein Kontostand halbierte sich und schrumpfte auch dann noch gnadenlos weiter.

Krisensitzung

Der Wertzuwachs des Tigerhais schien kurzfristig gefährdet. Was wäre, wenn Chickenbone verkaufte und nur noch die Hälfte für den Fisch bekäme? Könnte davon eine Kettenreaktion ausgehen, würden die Preise für Werke von Damien Hirst nicht zwangsläufig sinken? Eilig verabredeten sich die exklusiv mit Werken des Künstlers operierenden Kunsthändler zu einer Krisensitzung in der fünfstöckigen Villa seines Entdeckers am Ufer der Themse. Die drei prominenten Galeristen fühlten sich Charles Saatchi schon allein deshalb zutiefst verbunden, da er sie immer großzügig unterstützt hatte. Auch in schlechten Zeiten. Ihre Galerieräume wären unbezahlbar gewesen, hätte der Werbemogul ihnen nicht einen erheblichen Mietrabatt eingeräumt. Nur in den teuersten Stadtteilen von London, Köln und New York konnte man auch exorbitant hohe

Preise für exklusive moderne Kunst verlangen, ohne Irritationen hervorzurufen.

»Wir müssen den ganzen Hirst-Krempel sofort abwerfen! Weg damit!«, kreischte der Kölner Galerist Christian Hardenberg und hyperventilierte. »Das halten wir keine drei Wochen durch.«

Seine Kollegin Loretta di Silver reichte ihm eine kleine Kotztüte, die sie aus dem Flugzeug mitgebracht hatte, und widersprach kühl: »Das ist viel zu auffällig. So landen wir ja erst recht im Minus.« Hastig stülpte ihr Nachbarn zur Linken die gereichte Tüte vor seinen Mund und atmete tief aus und ein. Stumm saß Galerist Enrico Colanti aus Mailand in der exklusiven Runde. Er hatte es gerade noch geschafft, den letzten freien Platz in der Business Class von Air Italia zu bekommen. Sein Alptraum, zwischen all den Touristen in der Economy sitzen zu müssen und dabei zufällig beim Gang zum Klo von einem seiner zahlungskräftigen Kunden erwischt zu werden, hatte sich nicht erfüllt. Zum Glück. Mit beiden Händen strich er sanft über seine Brust, über das rote Rubin-Amulett, welches an einer dicken Goldkette baumelte, und zuckte dabei hilflos mit den Schultern. Mit beiden Händen beschwichtigte auch Charles Saatchi die aufgebrachte Runde. Er hob und senkte sie langsam[16]: »Meine Damen und Herren! Immer mit der Ruhe. Ungeduldeen heißt Verschulden!« Der Kunstmogul war sehr stolz auf die originellen Reime, die er täglich bei seinen Firmenrundgängen aufschnappte. In seiner Firma wurde nämlich in allen Sprachen der Welt getextet. Darunter befanden sich gelegentlich auch Reime, die für neu erfundene Duschgels oder Flüssigseifen werben sollten. Da es immer mehr Sorten Flüssigseifen gab, wirkten sie immer ähnlicher. Die Reime machten sie wieder anders. In gebrochenem

16 Die Hände sind hier gemeint.

Deutsch summte er: »Schlafende Hunde soll man nicht wecken …
sie könnten sich nämlich zu Tooooooooooooooooooooooode
erschreeeeeeeeeeeeeeeeeeeeeeeeeeeeeeecken.« Die Anwesenden
klatschten höflich.

Jetzt – das Hundeerwachen

»Jetzt ist jetzt!«, ruft eine unbekannte Stimme, deren Ursprung
niemand kennt. Das Scharren der Stühle verstummt wie auf Kom-
mando, als sich das Strategenhirn auf den Hintern setzt. Alle warten auf seinen brillanten Plan. Wie ein Dirigent bewegt der Magier
Charles Saatchi die Arme rhythmisch rauf und runter. Dann kreuzt
er langsam seine Hände, zieht sie gegen die Brust und schiebt sie
über sein Gesicht. In dieser Position lässt er sie verharren und öff-
net seinen Mund: »Zunächst konstruieren wir ein Zerwürfnis zwischen Damien und mir. Er ist bereits eingeweiht.«

»Ja, und was soll das bringen?«, wirft Loretta di Silver ein und
denkt an die Mietkosten ihres Lofts in Manhattan.

»Nun, zunächst müssen wir Damiens Image als Einzelkämpfer,
als Held der Entrechteten stärken. Einer, der aus der Arbeiter-
schicht kommt und im Grunde gar nicht an Geld interessiert ist.«

»Verstehe, so eine Art moderner Robin Hood …«, murmelt
Christian Hardenberg und ergänzt leiser werdend: »Der geldgeile
Damien als wohltätiger Anarchist …«

»Aber ja«, wirft Charles Saatchi ein, »Genau! Damien ist der
coole Künstler aus dem Proletariat, welcher das Geld den Reichen
auf besonders raffinierte Weise wegnimmt und es dann umverteilt.
Ein Vorbild für alle. Er beweist damit: Jeder Mensch hat eine

Chance in unserer freien Marktwirtschaft! Ich betone: Jeder und Jede!«

»Genial!«, flüstert Loretta di Silver und schüttelt vor Begeisterung ihre unzähligen Armreifen am Handgelenk. Es raschelt, klimpert und klingelt.

»Und das soll funktionieren? Das glaubt doch kein Schwein!«, wendet Christian Hardenberg ein. Der Birkelnudel-Erbe gilt als sehr skeptischer, misstrauischer Mensch.

»Wir müssen natürlich behutsam vorgehen. Die Lage auf dem Kunstmarkt ist derzeit ja tatsächlich etwas unangenehm. Um nicht zu sagen: beschissen. Aber wir haben die Medien längst voll auf unserer Seite,« sagt Charles Saatchi und wiederholt: »Alle! Alle Großen zumindest und all die, die es noch werden wollen.« Klar gebe es noch einige schrullige, gutbezahlte Kunstredakteure im konservativen Milieu, die es sich leisten könnten, eine abweichende Position zu beziehen. Es gebe auch einige Post-Kommunisten, die sich diesen Luxus ebenfalls leisteten, allerdings wohl eher aus ideologischer Verbohrtheit. Aber deren Texte würden eh kaum gelesen. Der Rest strebe zur randvollen Mitte.

Nun erläutert Charles Saatchi den Anwesenden des Krisengipfels ausführlich, wie er bereits einmal mit großer positiver Resonanz ein Märchen in die Welt entlassen und in wichtigen Medien lanciert habe, welches von Spannungen zwischen ihm und dem Künstler gehandelt hatte. Es war seinerzeit darum gegangen, den Verkauf eines mit Diamanten verzierten Kuhschädels anzukurbeln. Funktioniert hatte es fabelhaft. Niemand war misstrauisch gewesen, niemand hatte unangenehme Fragen gestellt.

Krisenkonferenz (Teil 1)

»Das beeindruckte mich sehr«, sagt Christian Hardenberg. »Wie kann es nur gelingen, in dieser Welt unwidersprochen mit der Höhe eines Preises soviel positive Zustimmung zu erhalten?«

»Nun, zuerst ging die Meldung raus: Damien Hirst stellt das allerallerteuerste Kunstwerk der Welt her!«, grinst Charles Saatchi. »Ja, wir haben uns einfach mit einem Superlativ in die Medien gepuscht. Und alle, aber auch wirklich alle, haben es geschluckt.«

»Ja, das ist wohl wahr. Die Kunstwelt und ihre Lakaien waren schwer beeindruckt«, gibt sich Christian Hardenberg distanziert, »selbst Journalisten mit kritischem Image und abgebrühteste Medienfuzzis.« Und er setzt nach: »Superlative gehen immer!«

»Für den Deal gründete Damien extra eine Immobilienfirma, die das Ding dann gekauft hat«, erläutert Charles Saatchi. »Er blieb natürlich Miteigentümer, undercover, eigentlich der Haupteigentümer. Aber schon das hat niemanden mehr interessiert. Ich bekam natürlich auch meinen Anteil vom Verkauf des Kuhschädels. Auf jeden Fall konnten wir durch unsere Strategie den Medien zunächst vermitteln, dass Damiens Preise immer noch schwindelerregend steigen würden, unaufhaltsam.«

»So ist es. Auf die Verkäufe in meiner Galerie wirkte es sich jedenfalls sehr positiv aus!«, stimmt Loretta di Silver zu. »Sogar Damiens signierte Postkarten mit den Schmetterlingsflügeln habe ich zu exorbitanten Preisen verkaufen können. Und die sehen ja nun wirklich bekloppt aus, total kitschig.« Einen guten Geschmack kann man der Galeristin tatsächlich nicht absprechen. In ihrem schwarz-weiß gemusterten Lagerfeldkostüm dreht sie sich nach links und weist zum Bücherregal, wo der fette Auktionskatalog steht. Drei Wörter auf dem Rücken: Damien Hirst Sotheby – er ist unübersehbar. Die Schwarte ist über und über mit vielen bunten Schmetterlingen verziert.

»Na sehen Sie!« Der Werbemogul kratzt sich am Bart. »Und nun gilt es eben mal zur Abwechslung ein neues, schweres Zerwürfnis zwischen dem Künstler und seinen Galeristen zu konstruieren. So entsteht automatisch der Eindruck, die Arbeiten könnten jetzt etwas billiger zu bekommen sein. Andererseits erzeugen wir eine Stimmung, eine aufgekratzte Atmosphäre, die den Eindruck verbreitet, der Künstler sei gerade auf so extremen Höhenflug, dass er Galerien gar nicht mehr benötigen würde.«

»Was wiederum seinen Wert enorm steigert…«, stellt Christian Hardenberg nachdenklich fest.

»Genau. Damien verbreitet die Nachricht, er würde von nun an keine Galerie mehr brauchen. Galeristen und Kunsthändler seien eh nur kriminelle Geschäftemacher. Er vermarkte sich zukünftig selbst, direkt. Er, der Künstler mit Leib und Seele trage seine Werke von nun an selbst ins Auktionshaus.«

»Genial. Das Beste wäre, wir steigern mit«, ergänzt Loretta di Silver, klatscht mehrfach kurz in die Hände, was dem Nachbarn zu ihrer Rechten, Christian Hardenberg, die Möglichkeit verschafft, eine kleine, drängende Flatulenz unauffällig entkommen zu lassen.

»Oh ja! Selbstverständlich. Das stärkt die allgemeine Glaubwürdigkeit immens«, betont Charles Saatchi. »Seine Aura der Autonomie. Unsere Glaubwürdigkeit ist mindestens so im Arsch, wie die von Politikern und katholischen Priestern. Aber genau darin liegt unser Vorteil. Als Geschäftsmann geht es letztlich darum, wie viel am Schluss rausspringt, an Cash, nicht an Mildtätigkeit und Heiligenschein. Aber je mehr wir da selber mitsteigern, umso besser für uns.«

»Wie? Aber so treiben wir uns doch selber in die Pleite!«, wirft Hardenberg ein und meint, neben dem edlen Parfüm, das den Raum füllt, einen fast unmerklichen Geruch von faulen Eiern zu vernehmen.

Loretta di Silver verdreht genervt die Augen: »Ein gewisses Risiko liegt in jeder Transaktion. Aber hören sie: Wenn wir mitsteigern, trotz der erlittenen Schmach, wenn wir mitsteigern mit großer Begeisterung, dann entsteht doch automatisch der Eindruck, selbst die von Damien Hirst übergangenen, ausgetricksten und verachteten Galeristen könnten der großen Versuchung einfach nicht widerstehen. Trotz ihrer persönlichen Erniedrigung, trotz ihrer Demütigung greifen sie gierig zu. Sie stehen unter Zwang. Sie müssen einfach kaufen. Das kann ja wohl nur ein Hinweis auf anhaltende Wertsteigerung der Kunst des Damien Hirst sein. Auf was denn sonst?«

Hardenberg nickt eifrig, während Loretta di Silver fortfährt: »Wir vermitteln den Medien also, es gehe weiter munter bergauf.« Die Witwe des norwegischen Ölmagnaten Jens Petterson unterdrückt nebenbei eine kleine, üble Blähung, welche dringend einen Ausgang sucht. Vielleicht hätte Charles Saatchi ja wenigstens dieses einzige Mal auf den vielgerühmten »pikanten Bohnensalat« seiner britischen Mutter verzichten sollen, den alle Anwesenden bei seinen Zusammenkünften traditionell kosten mussten.

»Sehr raffiniert. Genau das werden wir tun!«, jubelt Charles

Saatchi und schiebt den hausgemachten Bohnensalat dezent in die Mitte des Tisches. »Also, wer noch etwas davon möchte? Greifen Sie zu!«

Christian Hardenberg kratzt sich am Bart: »Aber wer kauft den ganzen Krempel dann? Ich meine, wer kauft ihn uns später ab, nach der Auktion?«

»Unsere neuen Milliardäre. Unsere neuen Kunstfreunde aus China und Russland.« Charles Saatchi strahlt über das ganze Gesicht. Die Anwesenden applaudieren und verabschieden sich. »Bis morgen, beim zweiten Teil unserer Konferenz!«, ruft Charles Saatchi ihnen nach. Als sich die Tür seines Konferenzzimmers schließt und er alleine im Raum steht, lässt er die angestaute Luft entweichen. Dieser Furz ist zwar sehr laut, aber völlig geruchlos.

Krisenkonferenz (Teil 2)

Enrico Colanti hat unruhig geschlafen. Schwere Bauchkrämpfe weckten ihn immer wieder aus der Nachtruhe. War es die glacierte Entenbrust zu Mittag oder tatsächlich immer noch dieser grauenvolle Bohnensalat? Der Strategie von Charles Saatchie traut er immer noch nicht ganz.

Die Zusammenkunft beginnt mit einem kleinen Eklat. Colanti weigert sich, von den Bohnen zu kosten und bittet die Versammelten um Aufmerksamkeit: »Wieso sollten andere eigentlich dümmer sein, als wir?«, fragte er. »Warum sollten die Chinesen und Russen plötzlich das Zeug kaufen?«

»Entschuldigung, mein Herr«, wendet sich Charles Saatchi an den schmalen Mann im anthrazitgrauen Hugo-Bossanzug. »Mal

94

ehrlich. Haben Sie, Herr Colanti, etwa nicht Ihr ganzes Lager vollgestopft mit der angeblich so sensationellen modernen Kunst aus China, die vor zehn Jahren wie verrückt durch die Auktionshäuser gejagt wurde? Haben Sie damals nicht auch das ganze Zeug gekauft wie besessen?«

»Na ja, ein paar gute Sachen sind ja auch dabei …«, grummelt Enrico Colanti etwas gekränkt. »Zum Beispiel die Wisch- und Kratzbilder von Xhin Seng La oder äh, äh …«

»Klar. Gut.« Charles Saatchi möchte seinen alten Freund nicht unnötig quälen. »Aber das meiste ist doch jetzt Schrott, oder?« Charles Saatchi sieht Colanti fest in die Augen. Dass er, Charles Saatchi, selber ein Lager unterhält, prall gefüllt mit all den Hypes, die der Kunstbetrieb wie die Sau alljährlich durchs Dorf jagt, hat er längst völlig vergessen.

»Aber wenn nun die Presse dahinter kommt?«, wirft Loretta di Silver ein. »Es könnte doch sein, dass das Ganze öffentlich wird und als abgekartetes Spiel, als Schmierenkomödie bezeichnet wird.«

»Seit wann das denn?« Charles Saatchi lacht. Ein winziges Salatblättchen wird sichtbar. Es steckt zwischen dem rechten Vorder- und dem Eckzahn fest. »Aber nein. Keine Angst. Die Kunstkritik ist im Grunde abgeschafft, inexistent, völlig beliebig geworden – alles ist erlaubt und möglich, es gibt kein Außen mehr, nicht mal in der Vorstellung – und die Kulturjournalisten verdienen inzwischen extrem schlecht. Die könnten es sich gar nicht mehr leisten, uns mies zu machen. Oder glauben Sie etwa, die verzichten in diesen ökonomisch unsicheren Zeiten freiwillig auf Lachshäppchen und den Freiflug zur Eröffnung der Art Fair Miami? Manche müssen inzwischen sogar darauf achten, ihre Miete rechtzeitig zu überweisen.«

»Das Leben ist teuer. Und wer kein Geld hat – das zeigt uns die Erfahrung – der wird kaum zum romantischen Poeten, der mit Regenschirm im Bett liegt, sondern abhängig und bestechlich!«, schmunzelt Christian Hardenberg.[17]

»Ja, aber was ist mit dieser Monika Nonnenberg?« Die Gesichtszüge von Loretta di Silver entgleisen ein wenig, als sie den Namen ihrer ehemaligen Co-Galeristin nennt.

»Die frustrierte Ziege bekommt einfach keine Pressezulassung zur Auktion. Es wird – schon wegen des erwarteten großen Andrangs – eben eine ganz exklusive Auktion bei Sotheby's. Wir haben leider keinen Platz mehr frei für Nervensägen.«

»Ja«, sagt Loretta di Silver und schlägt mit ihrer Faust auf den Tisch. Der blöde Verriss von der Nonnenberg über ihre großangekündigte Neuentdeckung, die *Künstlergruppe Neuronal,* steckt ihr noch tief in den Knochen. Das war bestimmt nur Rache gewesen, irgendwas Persönliches von der alten Schnepfe. Denn sie weiß, was die große neo-individualliberale Mitte längst instinktiv lebt: Wenn alle künstlerischen Positionen ihre Daseinsberechtigung haben, dazu kein Außen mehr existiert und der Markt letztlich den Wert bestimmt, dann wird Kritik zwangsläufig zur persönlichen, individuellen Angelegenheit. Und die Kritiker werden so automatisch zu Frustrierten, Neidischen, Quengelnden, Dogmatikern, Stalinisten oder Besserwissern, je nach Bedarf.

»So läuft das in der freien Marktwirtschaft. Wer keine Festanstellung bei einer Zeitung oder beim Fernsehen hat, muss leider draußen bleiben!«

17 Unter der Überschrift: »Wir sind links!« präsentiert die Kunstkritikerin Isabelle Graw im Interview *(taz* 11.12.2010) ihre Vorstellung, nachdem potentielles Schlechtverdienen die Basis eines unabhängigen, souveränen Urteils bildet: »Kritiker sind vielleicht noch am wenigsten kompromittiert, weil sie so wenig Geld verdienen können.« Sie zieht also entgegesetzte Schlussfolgerungen wie der

»Wir sind keine Sozialstation für Hobby-Blogger!«, bestätigt Enrico Colanti seine alte Geschäftspartnerin. Doch im Grunde ist gerade Colanti ein durchaus sozialer Mensch. So hat er dem durch eine Verlagspleite arbeitslos gewordenen Lektor Friedrich Schmale beispielsweise eine gutbezahlte Kolumne in der deutschen Hochglanzkunstzeitung *Monopol* verschafft. Und das obwohl sich dieser bei einem Gala-Diner zu Ehren von Altkanzler Dr. Helmut Kohl einige überaus kritische Bemerkungen über die bekannte Dr. Gerhard Bömmelberg-Kunstsammlung geleistet hatte. Die Leser möchte ich nicht mit gewagten Verschwörungstheorien belästigen. Nur soviel: Unbekannte Spendengelder können auch in Kunstsammlungen fließen. Sie müssen durchaus nicht immer als Schmiergeld enden oder sich in Waffengeschäften auflösen.

Depression in Singapur

Fett war er geworden, der einst so ansehnliche Aloysius Tong. Über eine Heiratsvermittlung hatte er endlich seine Frau, die verträumt wirkende Zhu Yanlai kennengelernt. Sie entstammte gutbürgerlichen, geordneten Verhältnissen und schien recht glücklich zu sein, diesen erfolgreichen, wohlhabenden Unternehmer geheiratet zu haben. Ob es wirklich Liebe war, ist unentscheidbar. In jede Seele lässt sich nicht hineinblicken.

»Er ist ein Schnäppchen! Ein Goldschätzchen!«, schwärmte sie vor ihren Freundinnen. Die verstanden sofort, was sie damit sagen wollte. Da sie selbst keine ausgeprägten oder speziellen Interessen hatte, langweilte sie sich deshalb auch nie. Im Laufe von zwölf Jahren gebar sie sechs Kinder. Zwei Mädchen und vier Jungen. Bis auf

rechtsliberale Galerist Christian Hardenberg. Ideologisch jedoch verbinden sich gleichzeitig beide Positionen durch den Glauben an ein überwiegend vom Materialismus gesteuertes Denken und Handeln.

einen, der sich als Autist entpuppte, waren alle gesund und munter. Mit irgendetwas war sie immer beschäftigt. Was es genau war, konnte allerdings niemand genau sagen.

Ihr Gatte hockte meist auf der Veranda ihrer luxuriösen Villa und trank Cognac. Er kam in dieser Hinsicht seinem Vater sehr nahe. Zhu Yanlai hielt die lärmende Kinderschar von Aloysius fern, da er – wie er ständig betonte – sich andernfalls nicht auf seine Arbeit konzentrieren könne. Diese bestand zumeist darin, den aktuellen Kontostand zu überprüfen. Unregelmäßigkeiten konnten in der labilen Wirtschaftslage durchaus zu verheerenden Folgen führen. Unter dem abweisenden, distanzierten Verhalten ihres Vaters litten die Kinder sehr. Doch überraschend schnell gewöhnten sie sich daran. Schließlich nahmen sie es schulterzuckend hin. Spätestens, als ihre Pubertät abgeschlossen war. Aloysius Tong wirkte auf sie wie ein freundlicher Hausgeist. Wie und wo jemals die Zeugungsakte zwischen Aloysius und Zhu Yanlai stattgefunden haben sollten, konnten sich selbst engste Freunde der Familie kaum vorstellen – obwohl sich das Paar insgesamt mindestens vierzehn Schlafzimmer im Haus teilte. Eigentlich traten sie nie zusammen auf und falls doch, dann schauten sie sich nicht einmal an. Niemand hatte sie je gemeinsam in ein Zimmer gehen sehen – außer einmal am Wochenende zum Mittagessen ins Esszimmer. Zärtlichkeiten tauschten sie nie aus, zumindest nicht in der Öffentlichkeit. Auch die Kinder hatten nie die Spur einer Berührung zwischen ihren Eltern beobachten können. Kein Kuss, keine Zärtlichkeit, nicht einmal ein Händedruck.

Es war also immer sehr ruhig im Haus, fast totenstill. Die Bediensteten schlichen nur auf Filzpuschen umher, um den Hausherren nicht zu stören. Doch immer, wenn der Therapeut Prof. Dr. Sanusi Lamido an der Tür schellte, blühte Aloysius auf. Inzwischen hatte der Klimaanlagenmillionär eine üppige Kunstsammlung erworben. Darunter befanden sich viele außergewöhnliche Werke deutscher und auch anderer europäischer Künstler. Zu den Highlights seiner Kollektion zählten vier zauberhafte Gemälde von Thomas Demand, eine Reihe raffinierter Baumskulpturen von Ben Wargin, eine Serie riesiger Gemälde von Günther Förg und eine imposante Metallrutsche von Carsten Höller, die einst in der Londoner Tate Modern ihren Dienst getan hatte. Hunderte, ja Tausende von Erwachsenen waren da einst heruntergerutscht, im Rausch der Schwerkraft ihr ödes Alltagsleben vergessend.

Nicht nur die aktuelle Avantgarde stand auf seiner Sammelliste. Der enthusiastische Sammler war ebenso erpicht auf die Klassiker der Moderne. So hatte er von der Tate Modern ein übergroßes Tryptichon erworben. Ein Geniestreich des französischen Malers Bernard Buffet, Altmeister des französischen Existentialismus. Und das kam so: Beim Kauf der genialen Höllerrutsche hatte ihn ein Praktikant der Tate Modern auf eine ihrer gigantischen, großformatigen Erwerbungen aus den frühen 1950er Jahren aufmerksam gemacht. Völlig vergessen lagerte das Meisterwerk in der hintersten Ecke des unterirdischen Depots. Schon seit Jahrzehnten, überwuchert von einer dicken grauen Staubschicht. Als er die leuchtenden Augen von Aloysius wahrnahm, informierte der clevere

Praktikant umgehend den Museumsdirektor höchstpersönlich. Der Leiter der Tate Modern eilte sofort herbei und verkaufte dem Sammler aus Singapur noch vor Ort das vergessene Meisterwerk. Eigentlich dürfe er das nicht ohne Absprache mit den entsprechenden Gremien. »Aber ich nehme das auf meine Kappe!«, sagte er und wedelte mit dem Kaufvertrag. »Ein kleiner Rabatt ist schon dabei«, lächelte er freundlich. In der Tat. Aloysius erhielt das Meisterwerk zu einem unglaublichen Schnäppchenpreis. »Oh, ich bin mir ganz sicher. Bei Ihnen wird es einen angemessenen Platz finden«, sagte Dr. Zimmermann und hüstelte: »Es fällt mir unendlich schwer, mich von geliebten alten Werken unserer Sammlung zu trennen.« Aber was sein müsse, müsse nun mal sein. Das Depot platze leider aus allen Nähten: »Es war eine harte Entscheidung, ein schwerer Verlust.« Auf dem überdimensionalen Dreiteiler von Bernard Buffet grinste im Mittelteil ein düsterer Totenkopf den Betrachter an, im rechten Bildraum saß eine lila Eule mit gelben Augen auf einem Ast und im linken Teil erfreute ein mit zackigem Gestus gemaltes Blumenstilleben die Netzhäute der Betrachter – die Motive befanden sich jeweils auf verschiedenfarbigen knalligen Hintergründen. Es war ganz wunderbar, einfach zauberhaft. Aloysius recherchierte nun intensiv über den Künstler. Es offenbarte sich eine ungeheuer vielschichtige und spannende Lebensgeschichte. In dieser fand sich Aloysius selbst wieder, zumindest zu großen Teilen. Er entdeckte zahlreiche überraschende Ähnlichkeiten mit seiner Persönlichkeit. Als Aloysius schließlich erfuhr, dass Bernhard Buffet im Jahr 1999 Selbstmord begangen hatte, indem er sich eine Plastiktüte mit seinen Initialen über den Kopf zog, ließ er die Todesszene vom Nachwuchskünstler Maximilian zu Lehmann zeichnerisch nachempfinden. Dieser Künstler war seinerzeit sehr bekannt für die geschmackvolle Umsetzung auch delikater und pikanter Themen des aktuellen Zeitgeschehens. Für das Bernard Buffet-Tryptichon entwarf der renommierte Grazer Architekt Alois Schnöselkämpfer ein eigenes Gebäude, ein Kunstmuseum.

Privates Kunstmuseum

Schnöselkämpfers Gebäude sollte direkt an die Villa anschließen. Der Museumsbau war vor allem quadratisch, praktisch, hell erleuchtet und schloss sich durch einen Durchgang an die Villa an. Kurz: Er sah genauso aus wie ein modernes Kunstmuseum. »Mein eigenes Kunstmuseum!« Aloysius Tong lächelte im Glück. An der Südfront des Museums ließ er ein Kassenhäuschen anbauen. Auf dem Kassendach ruhte ein Fliegenpilzhut, das Werk der jungen Begabung Arne Wilkenstedt aus Norwegen. Im Siegesrausch wurde sie gerade durch alle großen europäischen und nordamerikanischen Museen geschleift. Der Kurator Manfred-Theodor Dannert hatte Aloysius auf die talentierte Künstlerin aufmerksam gemacht. Eigentlich interessierte ihn Kunst nur als Ausgangspunkt für seine ausführlichen kunstphilosophischen Betrachtungen. Besonders gelungen schienen diese ihm immer dann zu sein, wenn sie sich schnell vom Kunstwerk lösten und letztlich nichts mehr damit zu tun hatten. Es war ihm also im Grunde völlig wurscht, was genau auf Bildern zu sehen war, welches Thema sie behandelten und was der Künstler damit sagen wollte. Kunstwerke dienten ihm lediglich als auslösenden Impuls für seine philosophischen Essays.

Fliegenpilz

Auf jeden Fall entdeckte Aloysius' Kinderschar das Häuschen schnell für sich. Begeistert spielten sie unter dem Fliegenpilzdach Kaufladen oder Hänsel und Gretel. Eigentlich hatten sie fast alle die Pubertät schon hinter sich. Im Grunde waren sie viel zu alt für solche Spiele. Der irritierte Aloysius Tong ließ das Fliegenpilzkassenhäuschen sogleich um fünfhundert Meter versetzen, direkt neben den Kinderspielplatz seines weitläufigen Gartens. Eigentlich war der mit tausend Rutschen, Klettergerüsten und allerlei Schnickschnack ausgestattete Spielplatz speziell für seine Kinder gebaut worden, eine durchaus finanzaufwendige Angelegenheit, soweit er sich erinnern konnte (einige Rutschen und Klettergerüste waren mit echtem Gold, Smaragden und Rubinen verziert worden – allerdings hielten die Besucher von Aloysius' Anwesen den Schmuck für unecht. Es wäre ja auch grotesk, ja albern, einen Spielplatz für Kinder so auszustatten). Warum die Kinder und Jugendlichen aber nun ausgerechnet lieber in seinem Kunstmuseum herumkreischen wollten? Wegen des Halls oder womöglich nur wegen des lächerlichen Fliegenpilzdaches? Dieses war doch von der Künstlerin mehr als ein ironischer Hinweis auf die Rationalität der Erwachsenen gedacht gewesen. Zumindest schrieb das ihr Entdecker, der deutsche Kunstphilosoph Markus-Michael Barbie.

Sotheby's

Eines Tages rief Prof. Dr. Sanusi Lamido aufgekratzt bei Aloysius an: »Es findet demnächst eine ganz wichtige Auktion in London statt – bei Sotheby's!«

»Bei Sotheby's?«

Allein der Name elektrisierte Aloysius Tong.

»Einzigartige Werke werden da versteigert. Ganz wichtige Arbeiten, blutjunge britische Künstler und Künstlerinnen.«

»Da muss ich unbedingt dabei sein!« Aloysius Augen blitzten in seinem Schädel auf wie Diamanten auf einem Kuhkopf. Die Leidenschaft des Sammelns hatte ihn infiziert. Er war süchtig nach Kunst. Er war jetzt ein Kunstjunkie, unheilbar krank.

Kreative Kombinationen

Leuchtend rosa und gelbe Bougainvilleen zeigten ihre Pracht am Zaun der dreistöckigen Villa von Aloysius Tong. Mitten auf dem gepflegten englischen Rasen, im Zentrum des Gartens, ruhte eine imposante Bronzeskulptur von Henry Moore. Leider schissen hin und wieder Tauben auf das Metall, welches daher zweimal wöchentlich gereinigt werden musste. Einmal musste sogar ein völlig mit ätzenden Vogelextrementen verklebtes Taubennest entfernt werden. Um die Bronze in glänzendem Zustand zu halten, beschäftigte Aloysius Tong einen eigenen, speziellen Angestellten. Dieser, ein Ex-Polizist, war nun sein Politeur. Versteckt hinter einer dichten Koniferenhecke des Anwesens befand sich ein weißgestrichenes Gartenhaus, in dem er mit seiner fünfköpfigen Familie hauste.

An den minoischen Säulen, die den Vordereingang von Aloysius Tong Villa schmückten, lehnten wuchtige Stahlträger: Skulpturen des amerikanischen Bildhauers Richard Serra. Auf diese Weise wollte der Sammler Altes mit Neuem kontrastieren. Eigentlich gefielen ihm diese Stahlskulpturen nicht besonders. Ein Galerist hatte ihm die rostigen Stahlteile aufgeschwatzt. Aloysius war davon überzeugt, dass es ihm recht gut gelungen war, die Teile harmonisch in sein Gesamtkunstensemble zu integrieren. Unmittelbar hinter dem Empfangsbereich befand sich eine riesige, in eine Betonwand eingepasste Holztür, die ursprünglich aus einem mittelalterlichen Schloss in der Bourgogne stammte. Durch einen gewaltigen Erdrutsch war dieses alte Gebäude einst unrettbar zerstört worden. Wie durch ein Wunder hatte die wertvolle alte, mit herrlichen Schnitzereien von Christi Himmelfahrt verzierte Eichentür aus dem 15. Jahrhundert überlebt. Sie war seinerzeit fast unbeschädigt aus dem Schuttberg gezogen worden. Und genau hinter dieser Tür befand sich nun das Geschäftsbüro von Aloysius Tong. Dort wurden nun Millionendeals abgewickelt. Der Geschäftsmann war überaus stolz auf seine kreativen Kunst-Kombinationen, die sein gesamtes Anwesen zu einer Perle der Stadt machten. Er konnte nicht ahnen, dass unter den 6.891.188.247 derzeit auf der Erde lebenden Menschen zur gleichen Zeit andere Geschäftsleute in Europa, Australien und Nordamerika sehr vergleichbare Vorlieben entdeckten und so zu überraschend ähnlichen, um nicht zu sagen vollkommen identischen Lösungen gelangten.

Immer, wenn ein Kunde den sieben Meter hohen Geschäftsraum betrat, begann die Klimaanlage leise zu summen. Eine Lichtschranke setzte sie vollautomatisch in Gang. Edelstahlfriese mit plastischen Figuren aus Comic Strips prangten in etwa drei Metern Höhe an den Wänden: Mickey Maus, Goofy, Donald Duck, Gustav Gans, Eusebia, die Panzerknacker, Tick, Trick und Track. Ihre silbernglänzenden Edelstahlköpfe und -körper kontrastierten eindrucksvoll mit den von einer dunkelvioletten Samttapete überzogenen Wänden. Übrigens war der Künstler des Frieses, Jeff Koons, persönlich aus den USA zur Installation nach Singapur geflogen. Vor Ort hatte er den Aufbauhelfern genaue Instruktionen für die sichere Befestigung an der Wand gegeben. Bei einer kleinen, spontanen Ansprache zur Einweihung seines Kunstwerkes sagte er, die Samttapete immer im Blick: »In geschmackvoller und treffsicherer Art und Weise kontrastiert Aloysius Tong gekonnt das Alte, Traditionelle mit dem Geist der Moderne, der Avantgarde.« Es war ungeheuer beeindruckend. Alle klatschten stürmisch Beifall. Allein die knapp fünfzigminütige Anwesenheit des Künstlers verbreitete eine Aura, die lange Zeit weit über das Anwesen von Aloysius ausstrahlte. Seine sonst so kühlen Geschäftskunden waren überwältigt. Sie staunten über das wunderbare Büro mit seinen zauberhaften Kunstschätzen. Am meisten aber imponierte ihnen das riesige Bassin mit dem Tigerhai. Es stand im Zentrum des Raumes und blockierte den direkten Blick auf den Schreibtisch von Aloysius Tong. Diesen hatte der Sammler ganz bewusst so platziert, dass er, der Hausherr, für Hereinkommende zunächst nicht zu sehen war. Jeder, der nun das Büro betrat, blickte zunächst auf ein weit geöffnetes, riesiges Maul mit unzähligen spitzen Zähnen. Um vor den Schreibtisch zu gelangen, hinter dem Aloysius Tong wie eine magische Erscheinung thronte, musste das beeindruckende Bassin immer umrundet werden.

Die Ikone

»Oh mein Gott! Ist das nicht der weltberühmte Hai von Damien Hirst?«, entfuhr es den Geschäftspartnern reflexartig, wenn sie aus aller Welt zu ihm strömten. Selbst dann, wenn sie sich überhaupt nicht für Kunst interessierten: Dieses Bassin mit dem Tigerhai kannte jeder zivilisierte Mensch der Welt. Jeder hatte schon irgendwo mal dieses Kunstwerk gesehen: in irgendeiner Illustrierten, einer Tageszeitung, im Fernsehen oder einem Kunstmagazin. Man sollte es wenigstens einmal im Leben gesehen haben. Wenigstens als Abbildung.

Einige seiner Kunden waren so beeindruckt, dass sie vor Ehrfurcht förmlich erstarrten. Einer hinterließ sogar einen feuchten Fleck auf seinem Stuhl. Und obgleich seine Frau ihm eindringlich erklärte, dies könne durchaus Zeichen einer Blaseninkontinenz sein, beharrte Aloysius Tong darauf, dass es der Schock beim Anblick des Kunstwerks gewesen sei, welches bei dem sensiblen Kunden unkontrollierten Harnfluss ausgelöst hatte.[18] Immer, wenn Aloysius Tong die Sprachlosigkeit seines Gegenübers spürte, erhob er sich langsam vom Stuhl. Die Gliedmaßen, welche nicht vom Körper des Hais verdeckt waren, schimmerten nun durch das leicht trübe Formaldehyd. Majestätisch setzte der Kunstsammler

18 Seine Frau hatte natürlich recht, aber wir wollen neutral sein und uns nicht unnötigerweise in Familienzwiste einmischen.

seinen rechten Fuß nach links, führte ihn grazil seitwärts, folgte mit dem linken Fuß und ging ganz langsam auf den Kunden zu. Er hatte diese Gangart lange geübt. Es wirkte ziemlich manieriert.

»Herzlich willkommen, bitte nehmen Sie Platz«, sagte er, wies auf einen kleinen Stuhl neben dem Eingang und entblößte dabei seine Zähne. Diese standen im extremen Kontrast zu denen des Hais – sie waren nämlich sehr regelmäßig und falsch dazu. Aloysius Tong genoss es immer wieder, sein Gegenüber mit seiner prächtigen Sammlung zu überraschen. »Falls Sie mehr sehen möchten, es gibt einige weitere Räume mit Exponaten und einen neuen Anbau. Genau genommen ist es mein kleines Privatmuseum.« Dabei schmunzelte er. Die Fassungslosigkeit seiner Geschäftspartner erregte und entspannte ihn gleichermaßen. Hätte er nicht all diese Meisterwerke besessen, deren Anblick jedem normalen Menschen den Atem verschlug, nie hätte er dieses einzigartige Glücksgefühl großer Entspannung, Spannung und innerer Befriedigung erfahren können. Nie im Leben. Niemals. Zudem bestärkte die beeindruckende Kunstsammlung viele Kunden darin, weit mehr oder sogar wesentlich teurere Klimaanlagen zu bestellen, als ursprünglich vorgesehen. Prof. Dr. Sanusi Lamido hatte den neuen Patienten mit seinen therapeutischen Ratschlägen tatsächlich geheilt. Das innere Gleichgewicht war wiederhergestellt. Und ganz nebenbei hatte Prof. Dr. Sanusi Lamido das Klimaanlagengeschäft von Aloysius Tong enorm angekurbelt.

Schlieren

Wie gewohnt setzte sich Aloysius Tong am 5. Januar 2017 um 8.30 Uhr an seinen Mahagonischreibtisch. Er war jetzt 52 Jahre alt. Vor zwei Jahren hatte ihn ein kleiner Schlaganfall – er wurde rechtzeitig als solcher erkannt und schnell behandelt – kurzfristig aus der Bahn geworfen. Der gewohnte Rhythmus seines Lebens war dadurch etwas ins Schlingern geraten. Doch nun war alles wieder in Butter. Ja, das Leben schien schöner zu sein als je zuvor. Mildes Sonnenlicht fiel über die Holzmaserung des dunklen Schreibtisches. Die sorgfältig darauf arrangierten Schreibgeräte funkelten wie trunkene Elfen beim Tanz im taunassen Gras. Bedächtig entfachte Aloysius eine kubanische Zigarre, ein edles Teil. Rauchwolken füllten den Raum. Plötzlich fiel sein Blick auf das Bassin mit dem Tigerhai. Zog sich da nicht eine trübe Schliere durch das kristallklare Formaldehyd? In der Tat. An der rechten Kiemenseite des Fisches baumelte ein kleiner Hautlappen herunter. Sichtbar nur auf den zweiten Blick. Hinter der Lappen lugte das graue, rohe Fleisch des Tieres hervor.

Restauration

Die Restaurierung des Tigerhais verschlang Unsummen. Durch die aufwändige Arbeit verdoppelte sich der ursprüngliche Wert des Kunstwerks. Mit Hilfe eines komplizierten neuen technischen Verfahrens musste das Tier aus dem Bassin gehievt und das Formaldehyd vollkommen ausgetauscht werden. Dabei wurden weitere Zersetzungserscheinungen am Körper des Tieres sichtbar. Trotzdem lohnte sich die Unternehmung, das wusste der Kunstsammler. Und in der Tat: Aloysius Tongs Geschäfte explodierten. In der Forbes-Liste der hundert reichsten Menschen der Welt wurde der Klimaanlagenmillionär im Jahr 2019 bereits auf Platz 76 geführt.

Aloysius klappte die Zeitschrift zu, die ihn im Club der Reichsten dieser Welt begrüßt hatte. Er war hochbeglückt und zutiefst befriedigt. Über das lackierte Forbes-Titelbild fiel ein Schatten auf das Antlitz des Solar-Multis Frederic Hallenberg, Urenkel des IKEA-Gründers Ingvar Kamprad. Aloysius Tong zuckte zusammen: Schon wieder hatte sich ein Handbreiter, etwa fünfzig Zentimeter langer Hautlappen vom Körper des Hais gelöst. Langsam senkte dieser sich abwärts. Schlaff baumelte die Haut schließlich bis auf den Boden des Bassins herunter. Dabei hatte er das Tier doch erst vor zwei Jahren reparieren lassen, dachte Aloysius verärgert. Doch das war noch längst nicht alles: Im Formaldehyd zeigten sich kleine, braune Schlieren und rötliche, schleimartige Blasen. Aloysius Tong presste sein Gesicht an die Scheibe. Plötzlich glaubte er, einen kaum wahrnehmbaren, leicht stechenden Geruch in der Nase zu verspüren. Mit dem rechten Zeigefinger fuhr er langsam über die Fugen, welche die schweren Scheiben hielten. Sie waren glatt und fest. Straff war der Kitt, immer noch tadellos in Form. Aloysius führte seinen Finger gen Nasenflügel. »Uuh!« Nun vermeinte er einen sehr subtilen Geruch nach Makrele zu vernehmen.

Sogleich rief er Prof. Dr. Sanusi Lamido an und bat ihn um Rat. »Wäre es nicht langsam an der Zeit, das Kunstwerk gewinnbringend zu veräußern?«

Allmählich war ihm der Hai zur Selbstverständlichkeit geworden. Manchmal achtete er gar nicht mehr darauf, wenn er am Morgen sein Büro betrat. Die anfängliche Euphorie über den Erwerb war der Gewohnheit gewichen. Eigentlich hätte er jetzt viel mehr Lust gehabt auf die gemalten RAF-Porträts von Gerhard Richter.

Doch der Therapeut wehrte entschieden ab: »Nein, nein. Gerade jetzt sollten Sie den Hai auf keinen Fall verkaufen! Der Künstler ist zur Zeit nicht besonders aktuell. Warten Sie einfach noch ein bisschen ab.« Prof. Dr. Sanusi Lamido hatte völlig Recht. Denn die Zeiten, in denen sich die Medien hysterisch, ja devot um den britischen Shootingstar geschart und seine Coolness bewundert hatten, waren vorbei. Vor drei Jahren hatte eine australisch-japanische Künstlergruppe namens »Plasma total« großes Aufsehen erregt. Weltweit waren sie zu ungeheurer Popularität gelangt. Mittels neu entwickelter Molekulartechnologie stellten sie selbstständig wuchernde, organische Kunstwerke her, sogenannte Lokomotionen, deren Form und Farbe sich im ständigen Wandel befanden. Jeder, der es sich irgendwie leisten konnte, wollte einen solchen Plasmabrocken, ein lebendes, lebendiges, autonomes Kunstwerk.

Fasziniert verfolgten die Sammler, wie sich ihr Werk selbständig machte. Manche hatten ihm sogar Sprechen, Lesen oder Laufen beigebracht. Das war möglich, da das Kunstwerk über eine eigene, individuelle Intelligenz und Kreativität verfügte. In der Kunstgeschichte hatte es so etwas zuvor noch nie gegeben. Nicht nur einsame und unverstandene Menschen konnten mit diesen Lokomotionen plaudern, sich austauschen und besprechen. Auch Kunsttheoretiker, Kunstkritiker, Galeristen sowie Künstler, die über das nötige Kleingeld verfügten, konnten mit einem Plasmabrocken in einen fruchtbaren Diskurs eintauchen. Sie konnten sich auch Rat holen oder sich mit dem Werk die Langeweile des sinnlosen Herumsitzens in ihren neonbeleuchteten weißgetünchten Galerien vertreiben. Es kam natürlich auch mal vor, dass dieses Kunstwerk seinen Käufer nicht mehr ertrug und Hals über Kopf flüchtete. Aber das war eben der Preis für ein Kunstwerk, welches als autonomer Organismus existierte und selbstständig denken konnte. Nicht wenige Besitzer eines solchen Plasmabrockens stellten ihn in bunkerartigen Galerieräumen aus. Diese waren bestens gegen Einbrecher gesichert, verhinderten aber auch die manchmal vorkommende Flucht des wertvollen Objekts. Denn Schlösser konnte der Brocken nicht knacken, jedenfalls noch nicht. Und so ganz billig war ein Plasmabrocken nun wirklich nicht.

Penningarlikt

Um es kurz zu machen: Der Tigerhai von Damien Hirst war nicht mehr *up to date*. Und statt Aloysius Tong zu unterhalten, wie es immerhin so ein Plasmabrocken vermocht hätte, roch er verstärkt nach dem, was er eigentlich war, ein altgewordener, ranziger Fisch. Mehrfach am Tag musste die Villa gelüftet werden, besonders dann, wenn sich Kundschaft anmeldete. Ihm selbst, Aloysius, war der Geruch inzwischen ziemlich egal. Er hatte sich daran gewöhnt, dass tagtäglich Wellen strenger Fischdüfte durch die Villa zogen. Außerdem hätten diese ja auch vom Meer kommen können. Manchmal mischte sich der ranzige Geruch auch mit dem von frischen Meeresbrisen. Dann störte er gar nicht weiter, ging darin völlig unter. Doch die Ausdünstungen des Tigerhais wurden immer vordergründiger, stechender. Inzwischen erinnerte der mehr und mehr konstante Geruch an den Duft von *hákarl*[19]. So nannte sich eine berühmte isländische Delikatesse, die aus dem fermentierten, dadurch entgifteten Fleisch des Eishais gewonnen wurde. War es Schicksal oder Zufall? Tatsächlich schloss Aloysius Tong schon bald einen großen Deal mit einem isländischen Hedgefondsberater ab. Dieser hatte kurz vor dem Staatsbankrott Islands im Jahr 2008 einen wichtigen privaten Hinweis von einem ehemaligen Schulfreund aus der Kaupthing-Bank erhalten und deshalb den Finanzcrash überraschend gut überstanden. Seine isländischen Kronen konnte er kurzfristig in andere Währungen umwechseln und in sichere Häfen transferieren. So war er überraschend Millionär geworden. »Jaejae, Penningarlikt!«, lachte der vollbärtige Ingvar Sigmundsson. Er hatte Rechtswissenschaft an der Universität von Akureyri studiert. »Fischgeruch ist bei uns letztlich nur ein Synonym für Geld!«, erklärte der joviale Mann dem verdutzten Aloysius. »Ich liebe hákarl. Er macht gesund und man wird steinalt!« In seinem Exil, einer Strandvilla auf den Cayman Islands, hatte er ein ganzes Lager für seinen geliebten hákarl eingerichtet. Aloysius Tong lachte zwar höflich mit, aber er wusste nicht genau, was ihm sein Kunde mit dem Fisch-Geld-Vergleich eigentlich sagen wollte.

19 Isl. *hákarl,* wörtlich übersetzt: Hochkerl.

Hákarl

Bald zog ammoniakähnlicher Geruch durch die Räume der edlen Villa. Hinzu gesellte sich der stechende Odem von verschimmelnden, gärenden Heringen und verfaulten Makrelen. Dieser umgab und bedeckte schließlich die feinen Porzellanvasen, die bestickten Samtvorhänge, die edelholzfurnierten Möbel und die Kristalle der ausladenden Kronleuchter. Der Duft, eigentlich eine unspezifische Melange, die an unterschiedliche Fischarten und Meerestiere im Verwesungszustand erinnerte, füllte allmählich die hohen Räume bis an die Decke. Wie eine unsichtbare Riechskulptur.[20] Ein Alptraum für die vierundsiebzig vollzeitbeschäftigten Hausangestellten. Seit dem überraschenden, tödlichen Herzinfarkt des Ex-Polizisten, der ihn beim Entfernen der Vogelexkremente von der Mooreplastik ereilt hatte[21], wurden sie dazu verdonnert, nun auch dessen Arbeit zu übernehmen. Außerdem mussten sie zusätzlich täglich durch das riesige Haus gehen und bis zu zehn Mal am Tag lüften, sogar nachts. Dann allerdings nur fünf Mal. Waren sie endlich damit fertig, konnten sie eigentlich gleich wieder von vorne anfangen. Zusätzlich mussten sie also eine extra Nachtschicht organisieren. Weil aber Aloysius sehr wirtschaftlich dachte und mit seinen finanziellen Ressourcen sparsam umgehen wollte, stellte er keine finanziellen Mehraufwendungen für solch einfache Hilfsarbeiten zu Verfügung. So sank beständig der Lohn, während das Arbeitsvolumen unaufhörlich stieg. Einige Angestellte kündigten vor Erschöpfung. Aber da in jener Zeit viele Hunderttausende Arbeitssuchende vom Land in die Stadt strömten, konnten freie Stellen schnell neu besetzt werden. Für seine neuen, hochmotivierten

20 Vgl. Claudia Reichardt: »Die Ausstellung bleibt während der Öffnungszeiten geschlossen«. Berlin: Martin Schmitz Verlag 2010.

21 Seine Familie floh anschließend mit wertvollen Vasen, Silberbestecken und Samtvorhängen, die sie unauffällig aus den Räumen der Villa gestohlen hatte. Sie wurden nie gefasst.

Mitarbeiter – sie stammten meist aus dem verarmten Kjolong – bedeutete ihr sehr bescheidener Lohn schließlich immer noch extrem viel Geld. Das wusste der Hausherr genau. Deshalb genoss er auch ihre Dankbarkeit und nahm ihre Ehrenbezeugungen gern entgegen. Außerdem waren sie viel jünger, billiger und folgsamer als die ehemaligen Bediensteten. Diese hatten sogar plötzlich auf eine Woche voll bezahlten Urlaub bestanden.

Mysterium der Vergänglichkeit

Eines nachts, es herrschte Windstille und der Gestank war besonders infernalisch, nahm sich Aloysius vor, den Tigerhai endgültig zu verkaufen. Er rief Prof. Dr. Sanusi Lamido an, der sofort herbeieilte. »Oh nein!«, rief der Therapeut. Er hob abwehrend seine Arme und warnte den Eigentümer eindringlich vor einem Schritt, den er mit Sicherheit eines fernen Tages bereuen würde: »Nein, gerade *jetzt* nicht! Nicht jetzt!« Der Therapeut fuchtelte wild mit den Armen herum, fast so, als ob er einen Bienenschwarm abwehren wollte: »Gerade jetzt befindet sich der Preis für Werke von Damien Hirst im freien Fall. Warten Sie einfach noch etwas ab! Das wird sich nämlich sehr schnell ändern. Der Kunsthandel hat seine ganz eigenen Gesetze.« Und als Beweis seiner Vorahnungen, hielt er einen langen Vortrag über die Schimmelplastiken, Käseskulpturen und Schokoladenobjekte von Dieter Roth, die sich bereits von Beginn ihrer Herstellung an im ständigen Verwesungsprozess befanden. Deren Wert sei jedoch über die Jahrzehnte beständig gestiegen. Der Tod des Künstlers habe diesen Prozess eher noch verstärkt. Während dieser in seiner Gruft verfaulte, seien auch dessen Schimmelgrafiken verrottet, die Schokoladenskulpturen von Insekten heimgesucht worden – und ständig teurer geworden. Inzwischen seien sie fast unbezahlbar. Er hatte zwar recht. Aber dass das Vergammeln, Verschimmeln, Gären und Verrotten der Grafiken und Objekte ein fester Bestandteil des künstlerischen Konzeptes des Künstlers war, verschwieg er. Wozu darüber Worte verlieren? Irgendwann würde eh jemand kommen, irgendein hohlköpfiger Kunsthistoriker, der behaupten würde: »Das Vergammeln des Tigerhais gehörte zum subversiven Konzept des Künstlers Damien Hirst!« Spätestens würde das geschehen, wenn ein Erbe von Aloysius' Sammlung in Erscheinung treten würde. Einer, der den großen Fisch im Bassin versilbern wollte. Dann würde sein Preis automatisch wieder steigen. Als Insider kannte Prof. Dr. Sanusi Lamido solche Phänomene gut. Zur Not könnte man immer noch die Behauptung verbreiten: »Der Künstler ließ sich von Dieter Roths Gammelskulpturen inspirieren. Er war sein einziger richtiger Schüler.« Oder, falls Gunter von Hagens eines Tages endlich den Status von Leonardo da Vinci erreicht haben würde, wäre Damien Hirst eben dessen Schüler.

Doch je länger Aloysius mit dem Verkauf von »The Physical Impossibility of Death in the Mind of Someone Living« wartete, desto mehr ätzte sich der Geruch dieser Ikone der Postmoderne in das gequälte Anwesen. Allmählich kroch der penetrante, trübsinnige Fischatem in alle Ritzen und Fugen.

Trübe Blasen

Eines Tages kam es Aloysius Tong vor, als habe der belgische Immobilienhändler Michael de Böhlenstadt sein Geschäftszimmer mit den imposanten Kunstwerken fluchtartig verlassen. In der Tat presste der sonst so coole Manager plötzlich hervor: »Ich habe etwas ganz Wichtiges im Auto vergessen!« Fast panisch hastete de Böhlenstadt nach draußen, sprang in seinen Jaguar und rief von dort aus Aloysius an: »Ganz schrecklich! Plötzlicher Todesfall in der Familie. Muss dringend weg, melde mich später.« Er raste mit seinem Auto davon und meldete sich auch später nie mehr. Aloysius Tong konnte sich des Eindrucks nicht erwehren, als habe sein Geschäftspartner während der Besprechung im sehr gut gelüfteten Bürozimmer immer wieder die Hand vor die Nase gehalten. Ja, einmal schien es ihm sogar, als hätte de Böhlenstadt kurz am Mittelfinger seiner rechten Hand geschnuppert und dabei die Mundwinkel verzogen. Auf alle Fälle platzte der mündlich bereits fest zugesagte Milliarden-Deal. Aloysius Tong kochte vor Wut.

»Raus mit dem Scheißvieh!«, brüllte er und trommelte mit beiden Fäusten gegen die Scheiben des Bassins. Die trübe Soße hinter den Glasscheiben vibrierte nur ganz sanft, bildete winzige Wellen. Fast so, als wollte sie ihn wieder beruhigen. Doch – auch wenn trübes Wasser selbstverständlich kein Bewusstsein hat – die Wirkung war eher gegenteiliger Natur. »Raus mit dem ganzen Mist, raus, raus, raus! Raus mit dem Scheißzeug!« Eine trübe Blase löste sich aus dem riesigen Maul des Tigerhais und dümpelte aufwärts. Hing das Maul des Hais eigentlich irgendwie schlaff herunter? Es kam Aloysius jedenfalls plötzlich so vor. Wirkten die stechenden

Augen des Hais nicht viel trüber als damals, als er das erste Mal in tief sie blickte, kurz vor dem Erwerb? Wegen des geplatzten Deals mit Michael de Böhlenstadt würde Aloysius voraussichtlich von der Forbes-Liste der hundert reichsten Menschen der Welt fliegen. Das nahm er jedenfalls an. Er war Realist. Tatsächlich wurde es dann noch Platz 96. Immerhin. Er war also noch da.

Der zweite Stock

Für den Tigerhai schien die beste Zeit vorbei zu sein. Und auch das grenzenlose Vertrauen, welches Aloysius in Prof. Dr. Sanusi Lamido investiert hatte, schien etwas beschädigt zu sein. Kurze Zeit später verschwand der berühmte Psychomagier spurlos und mit ihm auch die hohen Geldbeträge, die er zuvor von seinen wohlhabenden Patienten geliehen hatte. Angeblich hatte er seine Praxis mit den neusten Untersuchungsgeräten ausstatten wollen, auch ein sogenannter »Psychostaubsauger« sollte dabei sein – in sensationelles Gerät, welches alle negativen Energien absaugt. Außerdem ein Instrument für die problemlose Transplantation eines Chips ins Hirn, mit dem jeder Mensch fünfzig Sprachen quasi im Schlaf lernen könnte. »Vielleicht ist der Professor entführt worden?«, meinte Zhun Yanlai und lächelte sanft. »Es wäre doch möglich, dass Kriminelle ihn irgendwo festhalten, um seine Genialität für ihre Welteroberungspläne auszunutzen?« Einige seiner um hohe Summen geprellten Patienten sprachen auch weiterhin sehr positiv über Prof. Dr. Sanusi Lamido, denn seine Heilungserfolge waren nun mal nicht zu bestreiten – zumindest was sie betraf.

Ein Spezialist für komplizierte Kunsttransporte beförderte das

Bassin mit Hilfe eines Krans vom Geschäftsbüro in das darüber liegende Stockwerk. Dafür musste eigens eine Außenwand entfernt und die Decke durch Stahlschienen aufwändig verstärkt werden. Technisch ein immenser Aufwand, bei dem Aloysius einige renommierte Gebäudestatiker zu Rate ziehen musste. Der Tigerhai lagerte nun direkt über den Comicfresken von Jeff Koons. Zwar war auch dieser Künstler inzwischen etwas aus der Mode geraten, aber sein Edelstahlfries sah immer noch recht dekorativ aus. Um einen ausreichend geräumigen Platz für den großen Fisch zu finden, musste im zweiten Stock viel umgeräumt werden. Dort versammelten sich auf 2.850 Quadratmetern wertvolle Antiquitäten, meist Rokoko-Möbel, viktorianische Standuhren, eine riesige, kostbare Münzsammlung, eine Gemmenkollektion aus der Goethezeit, eine Masse seltener Folianten aus der Renaissance und unzählige ausgestopfte ausgestorbene Vögel. Darunter extrem seltene Arten wie Neuseelandwachtel, Riesenalk und Mauritiusfruchttaube. All diese Schätze ruhten dicht an dicht. Zwischen diesen Kostbarkeiten verbreitete sich nun die volle Kraft des penetranten Odeurs des durch den Umzug noch zusätzlich lädierten Meeresräubers. Da die Arbeitskräfte sich strikt weigerten, ohne Gasmaske zu arbeiten, war das Objekt durch die damit verbundene Sichteinschränkung mehrfach etwas unsanft bewegt worden. Durch erneutes Abdichten aller Fugen und Ritzen – eine reine Sicherheitsmaßnahme – und das Zumauern sämtlicher Fenster im zweiten Stock – die entfernte Wand wurde kurzerhand fensterlos eingezogen – konnte der beißende Geruch vorläufig an seiner erneuten Ausbreitung im Haus gehindert werden. Die damit verbundenen aufwändigen Renovierungen der Erdgeschosszimmer trugen dazu bei, wieder etwas ungewohnte Frische in das Haus von Aloysius Tong einziehen zu lassen. Es roch nach frischer Farbe. Hin und wieder sandte das Meer einen salzig-würzig duftenden Gruß ins Haus, der nicht mehr von Fischgestank überdeckt wurde. Die ausgeblichene Stelle, wo jahrzehntelang das Bassin mit dem Tigerhai gestanden hatte, wurde nun von einem Kubus aus *Intsia bijuga,* auch Merbauholz genannt, verdeckt (der Geistesblitz eines von Aloysius konsultierten Innenarchitekten). Auf ihm thronte ein wunderschöner, edler, oft Selbstgespräche in den allerseltensten Sprachen führender Plasmabrocken, den Aloysius auf einer Auktion in Peking ersteigert hatte. Allerdings war er leider nicht annähernd so beeindruckend wie der bekannteste und größte, der gerade im erfolgreich privatisierten Pariser Louvre ausgestellt worden war. Dort konnten wohlhabende Sammler dem Publikum vorführen, welche Kunst zukünftig wichtig und bedeutsam sein würde. Mittlerweile füllten Plasmabrocken die Titelseiten sämtlicher Zeitschriften und Magazine. Im Fernsehen gab es sogar eine halbstündige Talkshow mit einem pinkfarbenen Plasmabrocken, der von seinen Fans *Ricky-Tricky* und seinen Feinden *Kotzbrocken* genannt wurde. Wenn *Ricky-Tricky* irgendwo öffentlich in Erscheinung trat, dann hoben seine Fans zu einem ohrenbetäubenden Kreischkonzert an. Es war absurd, es war grotesk. Aber mit der Zeit gewöhnten sich schließlich alle daran, mit diesem amorphen Gegenüber zu kommunizieren. Selbst große Skeptiker kauften sich irgendwann einen Plasmaklumpen. Nur für alle Fälle, wie sie sagten. Was sie damit genau meinten, kann heute nur gemutmaßt werden. Die Intelligenz von *Ricky-Tricky* überzeugte alle. Er wurde zum Superstar der neuen selbstständig lebenden Kunstwerke. Nie zuvor war die Kunst so autonom und intelligent wie seit der Einführung dieser organischen Skulpturen. Leider konnte Aloysius' lebendes Kunstwerk nicht annähernd mit dem pulsierenden Plasmabrocken konkurrieren, den die größte europäische Tageszeitung, die *BILD*-Zeitung, wie eine Trophäe auf dem Dach ihres Berliner Verlagsgebäudes platziert hatte und stolz mit bunten Scheinwerfern anstrahlen ließ. Dieser verfügte über parapsychologische Fähigkeiten: Er konnte hellsehen – ein Talent, welches allerdings nur bei bestimmten Wetterverhältnissen perfekt funktionierte. Dann war es tatsächlich möglich, all die intimsten Geheimnisse der kulturellen und politischen Prominenz lautstark aus seinem Mund zu vernehmen. Kein Wunder, dass Besuchergruppen sich neugierig um das Verlagsgebäude scharten. In der Zeitung stand nun das, was eh eigentlich jeder wissen konnte. Aber so wie es fanatische Vinylplattensammler gab, gab es eben auch vermehrt Tageszeitungssammler. Andere Tageszeitungen des Berliner Zeitungsviertels versuchten mit eigenen Plasmabrocken auf den Dächern dagegen zu halten. Doch ihre plauderten – entgegen vorheriger Absprache mit dem Redaktionsvorstand – munter all die Details interner Intrigen, Denunziationen, Graben- und Machtkämpfe aus, die von den Mitarbeitern gerade wieder untereinander ausgeheckt worden waren. Erst taten die Redakteure sehr empört. Aber dann erkannten sie, dass sich eine sprudelnde Quelle grenzenloser Kreativität auftat. Außerdem war es viel aufregender, internem Tratsch zu lauschen als die uniformen Meldungen der Presseagenturen abzuschreiben, um anschließend nur noch ein bisschen daran herumzufeilen. Man brauchte nur noch mitschreiben. Die aus dem Plasmaklumpen herausprudelnden Informationen und Meinungen waren zudem höchst exklusiv. Sie waren nirgendwo sonst zu lesen. Anfänglich wurden die lebenden Kunstwerke von einigen Redakteuren als billige Plaudertaschen denunziert, bei anderen sogar als Verräter, besonders bei den vom Tratsch Betroffenen. Aber da die engagierte Produktion von Nicht-Sinn bereits große Fortschritte gemacht hatte, fielen gegensätzliche Meinungen kaum als solche auf. Da in den außerdeutschen Einsatzgebieten der Bundeswehr das strenge Rauchverbot zur deutlichen Verminderung von lebensgefährlichen Krankheiten im Lungen- und Herzbereich der deutschen Kampfeinheiten geführt hatte, welche Argumente hätten auch gegen das allgemeine Rauchverbot angebracht werden können? Wer hätte gedacht, dass Ökologie und Ökonomie so perfekt harmonisieren können? Das größer werdende Heer der Flaschensammler war der Beweis, wie die ökologische Revolution auch für die Ärmsten eine wertvolle gesellschaftliche Aufgabe bereithielt. Und eine große und eine kleine Boulevardzeitung wurden von ihren jeweiligen Plasmabrocken zur neuen Tageszeitung *tilt* vereint. Eigentlich war alles gesagt und so schloss die überwältigende Mehrheit die amorphen, lebenden Kunstwerke auf den Zeitungsdächern innig in ihr Herz. Mit dem gedruckten Tratsch konnte zudem die Auflage stabilisiert werden. Und, mal ganz ehrlich, liest nicht jeder Mensch so was gern – und zwar nicht nur zur Ablenkung im Wartezimmer eines Arztes?

Große Veränderungen

Jahrzehnte vergingen. Während der Tigerhai im zweiten Stock einer Villa am Singapore-River vor sich hinmoderte, erschütterten

Naturkatastrophen die Erde. In Island eruptierte die Lakispalte. Wegen des vulkanischen Staubes, der folglich mit den Windströmungen über den Atlantik bis über das europäische Festland zog, musste der kontinentale Flugverkehr für zwei Jahre ausgesetzt werden. Im Ochotskischen Meer vor der Halbinsel Kamtschatka wurden die Stöpsel einiger Pipelines von Ölförderplattformen geöffnet. Eigentlich wollten Experten nur schauen, ob noch etwas Öl da wäre. Es war. Sogar mehr als genug. Im pazifischen Inselstaat Nauru war das erst kürzlich fertiggestellte Endlager für hochradioaktive Stoffe aus den Industrienationen durch einen im Grunde höchst unwahrscheinlichen Flugsturzabsturz in die Luft gegangen. Ökonomische, ökologische und damit verbundene soziale Krisen und Konflikte rafften Wirtschaften und Staaten dahin. In unvoraussehbarem Umfang verschoben sich die Machtgefüge der Welt. Der Stadtstaat Singapur wurde nach einem blutigen Putsch von den neuen Machthabern in Finanzrepublik Hürgeldoczniatica[22] umbenannt. Es war schrecklich für die Bewohner. Kaum jemand konnte nämlich den Namen des neuen Staates akzentfrei aussprechen – schon gar nicht Auswärtige, die weder Englisch noch Kanton-Chinesisch sprachen.

Die Finanzrepublik Hürgeldoczniatica wurde Bundesland des ehemaligen Malaysias, welche wiederum in Volksrepublik Yagodd[23] umbenannt worden war. Yagodd wurde Distrikt der Altruistischen Volksrepublik Borneo-Yagood[24], was zur Folge hatte, dass die Edelfrucht Yagodd, welche diesem Staat zum Namen verholfen hatte, so populär wurde, dass sie in der Natur ausstarb.[25] Immerhin konnten ein paar einzelne Yagoddpalmen im Botanischen Garten der Altruistischen Volksrepublik[26] überleben. Sie wurden zum be-

22 Bratt Hürgeldoczniatica (1967–2043), Literat, Lektor und Freiheitskämpfer. Ursprünglich Bratt Meier. Seinen Künstlernamen entwickelte er durch blindes, zufälliges Herumtippen auf der Tastatur. Bratt Hürgeldoczniatica bezog sich dabei auf die Tradition des »automatischen Schreibens« der Surrealisten.

23 Yagodd, seltene Edelfrucht. 2021 im Dschungel von Sumatra entdeckt.

24 Weil vorhandene Bezeichnungen wie »demokratisch«, »sozial« und »frei«

liebten Gastgeschenk für Staatsvisiten. Die USA, China und Russland hatten längst ihren Status als Großmächte verloren, während das nun zum vierten Mal getrennte und wiedervereinte Europa eine neue Währung einführte, die in jedem Landesteil, in jeder Stadt, in jedem Dorf völlig unterschiedlich aussehen sollte. Das neue *Diversitätengesetz* hatte den Zerfall in unzählige Kleinstaaten zur Folge. Europa wurde für Münzsammler zum wahren Eldorado. Jede Stadt besaß, wie im Mittelalter, ihre eigene Münzpresse, ja sogar Dörfer gaben eigene Währungen aus. Die Verschiedenheit der Geldscheine und Münzen war atemberaubend. An jeder Ecke entstanden Wechselstuben und damit eine Menge neuer Arbeitsplätze. Europa wurde zum Magneten für alle, die im Bereich *Kreative Geldwissenschaft* studierten oder lehrten. Immerhin konnte sich Europa so beim Staatenranking im guten Mittelfeld behaupten.

Niedergang und Zerfall

Aloysius Tong zählte nicht zu den Gewinnern dieser Krisen: seine Einnahmen schrumpften. Die Forschungsabteilung seines Konzerns hatte erstmalig einen Trend verschlafen. Längst wurden nämlich statt klobiger Klimaanlagen winzige Chips produziert, die sich Menschen individuell abgestimmt in die Haut transplantieren lassen konnten. So mussten sie nicht mehr schwitzen oder frieren. Egal, auf welchem Kontinent und zu welcher Jahreszeit sie gerade unterwegs waren: Eine wahnsinnig praktische Erfindung für Geschäftsreisende. Und während Aloysius Tong noch davon überzeugt war, dass dieser Mini-Chip lediglich eine vorübergehende Moderscheinung sei, nahm die Nachfrage nach diesen Chips

inzwischen ihre Signifikanten vollkommen verändert hatten und der Begriff »Altruismus« als Bezeichnung der Regierungsform eines Staates bisher ungenutzt war, entschied sich die Staatskommission der Volksrepublik Borneo-Yagood für dieses Wort.

25 Die begehrten Pflanzen wurden von Sammlern ausgegraben und in Privatgärten verpflanzt, wo sie dann später an einem seltenen Schimmelpilz erkrankten und abstarben.

ständig zu. Als die Promi-Diskothek *Bübüba* in Hurgeldonie fünfzig Klimaanlagen orderte, um, wie sie in ihren Prospekten warb, »eine Prise Nostalgie und einen Schuss Romantik« in ihren Laden zu bringen, da bemerkte Aloysius erstmals, dass er einen Trend verschlafen hatte, dass ein Zug ohne ihn abgefahren war. Seine Zeit als innovativer, visionärer Geschäftsmann schien vorbei. Er war nun Geschichte. Sein ältester Sohn Tan Hock Chuon Tong – dieser versorgte bereits selber eine sechsköpfige Familie – hatte die Zeichen der Zeit dagegen erkannt. Schon vor vielen Jahren hatte Tan Hock nach neuen Möglichkeiten für seine Zukunfts- und Lebensplanung gesucht. Der schweigsame, ernste Mann war daraufhin nach Ögandigi gezogen, eine kleine Siedlung auf dem afrikanischen Kontinent. Dort hatte er einen Vertrieb für Chipimplantate aufgebaut. Seine Klimachips konnten in Früchte und Gemüse eingepflanzt werden. Beim Transport faulte das Gemüse deshalb nicht, während der Chip vom Endverbraucher beim Konsum der Frucht unbesorgt mitverspeist werden konnte – er war völlig ungiftig, biologisch abbaubar, schmeckte neutral und wandelte sich mit der Magensäure umgehend in Vitamin A um, ohne jede Nebenwirkung. Zumindest belegten das die Expertisen des Herstellers, die in seinem Auftrag Lebensmittelexperten erstellt hatten. Später war Tan Hock in viele Zivilrechtsprozesse wegen rätselhafter, unbekannter Krebsleiden verwickelt, aber er gewann diese fast alle. Eine Häufung bestimmter Krebsarten durch den Verzehr des Klima-Chips konnte nie zweifellos nachgewiesen werden. Es fehlten wissenschaftliche Studien, aus denen eindeutig hervorging, was genau an Obst und Gemüse mit Chip verzehrt worden war. Die jüngste Tochter von Tan Hock Chuon Tong hieß Fumiko[27] – sie

26 Altruismus (lat. *alter* ›der Andere‹) ist definiert als eine Verhaltensweise zugunsten eines anderen Individuums, die einem Individuum mehr Kosten als Nutzen einbringt. Der Begriff Altruismus (als sein Schöpfer gilt Auguste Comte) ist ein Gegenbegriff zu Egoismus. Altruistische Verhaltensweisen wurden beim Menschen und auch bei Tieren nachgewiesen.

27 fumi = das Geschriebene, der Satz, die Literatur; ko = das Kind.

wurde in jener Zeit geboren, als es in Borneo-Yagood gerade schick war, Kindern einen japanischen Namen zu verpassen. Das beliebte Naturschutzgebiet Mamoru um ein vom Erdbeben zerstörtes Atomkraftwerk in Südjapan war Ursache dieses Trends. In der radioaktiv verstrahlten Zone hatten sich innerhalb kürzester Zeit so merkwürdige Gewächse und sonderbare Tiere entwickelt, dass es zum Volkssport wurde, entsprechend passende japanische Namen für die bizarren Wesen und grotesken Gewächse zu entwickeln. Von Ton Hocks anderen Kindern ist heute nichts mehr bekannt.

Später wanderte Fumiko nach Europa aus, wo sie Philosophie studierte und einen Adligen aus dem Senegal heiratete. Irgendwann wurde sie Oberhaupt einer neuen religiösen Sekte, an deren Spitze ein verehrtes Kaninchenpaar namens Kousa und Mousa standen. Leider ist es nicht möglich, über die Sekte heute Näheres in Erfahrung zu bringen. Der Totalabsturz des Internets im Jahr 2022 hat manch einzigartiges Dokument für immer vernichtet. Die Biographien der anderen Kinder, Enkelkinder und Urenkel von Aloysius Tong sind heute nur noch fragmentarisch überliefert. Ihre Spuren verlieren sich auf allen Kontinenten.

Tod von Zhu Yanlai (2057)

Die Frau von Aloysius Tong starb im Jahr 2057 sanft und friedlich. Wie ein alter müder Karpfen schnappte Zhun Yanlai kurz nach Luft, schlief ein und wachte nicht mehr auf. Aloysius musste sich nun allein mit seinem Testament beschäftigen. Das ärgerte ihn. Hätte Zhu Yanlai wenigstens eine tödlich verlaufende Krankheit, beispielsweise einen unheilbaren Tumor gehabt, so hätten sie sich wenigstens vorher in Ruhe beraten und das Erbe gemeinsam im Interesse aller Hinterbliebenen testamentarisch verteilen können. So, dass Gerechtigkeit herrschte und es später keine Streitigkeiten geben würde. Aber so einfach mir nichts dir nichts weg, ohne Vorankündigung? Aloysius dachte eben sehr praktisch, vermutlich etwas allzu praktisch.

Tod von Aloysius Tong (2061)

Der Witwer folgte seiner Frau nur wenige Jahre später, sein Tod war ebenfalls völlig unspektakulär. Im Alter von sechsundneunzig Jahren schlief er friedlich am 14. März 2061 auf der Veranda seiner Villa ein. Neben ihm lag sein über und über mit handschriftlichen Anmerkungen und Zusatzvereinbarungen versehenes Testament. Offensichtlich hatte Aloysius seine letzten Lebensjahre beständig daran herumgefeilt. Er war eben Perfektionist bis zum letzten Atemzug. Die versprengten Familienmitglieder, Kinder, Enkel und Urenkel reisten aus allen Teilen der Erde an, um das Erbe aufzuteilen. Im ersten, besonders aber im zweiten Stock der verwahrlosten Villa lagerten all die edlen Schätze, die der Geschäftsmann sein ganzes langes Leben zusammengetragen hatte. Ein beißender, stechender Geruch nach vergärtem, verrotteten Fisch empfing die Angehörigen schon von weitem. Alle Nachbarn waren längst verschwunden. Auf den Gehsteigen der Siedlung wucherten wilde Kräuter, Baumfarne hatten den Asphalt durchbohrt und standen in vollem Grün auf der Straße. Die rostigen Metallzäune um die verlassenen Grundstücke bogen sich unter der Gewalt lebenshungriger Schlingpflanzen. Auf den Dächern der gigantischen Villen, der luxuriösen Herrenhäuser und ausladenden Bungalows brüteten Seidenreiher. Auf den Terrassen suchten Kolonien von Säbelschnäblern, die ursprünglich aus dem Jurong Bird Park stammten, nach Insekten. In den Swimming Pools der Siedlung ertönte das monotone Gequake Tausender Barbourfrösche. An den penetranten Geruch, der aus dem Haus von Aloysius drang, hätte man sich eventuell gewöhnen können, aber sein wellenartiges Auftreten und sein kurzfristiges Verschwinden durch ab- und nachlassende Windböen machten dieses Odeur erst richtig bewusst. Die georderten Angestellten des Beerdigungsunternehmens hatten sich jedenfalls geweigert, das stinkende Haus überhaupt zu betreten. Selbst als ihnen von den Erben das Doppelte des vereinbarten Honorars geboten wurde, lehnten sie vehement ab und wiesen auf Kleingedrucktes im Vertrag hin. Weiträumig durchzogen die stechenden Düfte die gesamte Umgebung, verstärkten und verringerten sich da und dort, je nach Windrichtung und -stärke. Jahrzehntelang hatten Aloysius Nachbarn geklagt, um nach jahrzehntelang andauernden Prozessen entnervt ihre prächtigen Anwesen zum Verkauf anzubieten. Vergeblich. Niemand schien an den Prachtbauten interessiert. Zu Lebzeiten hatte sich der alte Kunstsammler konsequent stur gestellt. Den fauligen Meeresräuber von Damien Hirst, den er einst in seiner größten Lebens- und Sinnkrise erworben hatte, das Kunstwerk, welches er später genauso hassen sollte wie seinen ehemaligen Therapeuten, den korrupten Prof. Dr. Sanusi Lamido, war zum festen Bestandteil seiner Identität geworden. Ein Teil seiner Identität, in welchem sich auch Aloysius ganzer Hass, sein Ekel und alle angestaute Wut versammelten.

Rückblende

Doch wie hatte es nur soweit kommen können? Warum gelang es Aloysius Tong, das Recht auf sein Kunstwerk unter allen Umständen, mit allen Mitteln durchzusetzen? Um uns dieses zu vergegenwärtigen, sind wir gezwungen, unseren Blick von Aloysius Grab abzuwenden und tief in sein Leben zurückzuwerfen, sozusagen eine kleine Zeitreise vorzunehmen.

Es war bizarr: Vor Gericht, im hundertundzwanzig Kilometer entfernten Batam Pulang trat der Beklagte stets extrem freundlich und zurückhaltend, ja, fast schüchtern auf. Auch war er sehr gepflegt, trug nur Anzüge vom Feinsten und roch wunderbar nach Lavendel. Wie war das möglich? Wie konnte dieser schrullige Einsiedler aus einer derart stinkenden Kloake plötzlich so gepflegt aussehen und nach Lavendel duften? Des Rätsels Lösung: Jeweils vierzehn Tage vor jedem Prozess mietete sich Aloysius in einer Wellnessfarm ein, die auf der zauberhaften Südseeinsel Pohnpei lag.[28] Dort badete er achtmal am Tag in Stutenmilch und wurde von zarten Mädchenhänden mit feinstem Mandelöl gesalbt. Wohlproportionierte junge Männer wedelten zwecks Erfrischung mit riesigen Palmblättern Sauerstoff zu, während zahme rosa Flamingos bedächtig die Veranda auf- und abgingen. An ihren Stelzbeinen trugen sie fein klingende Schellen, die sich angenehm mit den Ratschgeräuschen der wilden Zikaden verbanden. Die Speisekarte im Restaurant der Beauty-Farm war zauberhaft. Es gab geröstete Trüffelpastete mit Venusmuschelmus an Champagnersorbet. Entspannung total. Frisch erholt reiste Aloysius Tong direkt von der Farm zum ersten Prozesstag in Batam Pulang.

---

28 Zählt zur Gruppe der Senjawin-Inseln.

Vor Gericht

Selbstbewusst betrat er den Gerichtssaal. Seine Argumente waren messerscharf und überzeugten Richter und Geschworene: »Meine Nachbarn haben kein Kunstverständnis, was ich persönlich bedaure. Sie mögen wohlhabend sein, gut erzogen, sehr gebildet. Aber bedauerlicherweise sind sie etwas ungebildet, zumindest was die höchste Kunstform, die zeitgenössische moderne Kunst angeht. Was die Kläger in diesem Hohen Haus so abfällig mit penetrantem Gestank bezeichnen, was sie als ihre Lebensqualität einschränkend bezeichnen, das ist elementarer Bestandteil des wohl wichtigsten Kunstwerks der Postmoderne.« Das Publikum im Saal folgte interessiert den Ausführungen des gepflegten, alten Herrn.

Der Richter erfragte dann den Titel des Werkes. Aloysius Tong erwiderte, Wort für Wort klar und deutlich aussprechend: »The Physical Impossibility of Death in the Mind of Someone Living«. Bei allen Prozessen lief es nach dem gleichen Muster ab. Und da alle in Batam Pulang verfügbaren und aktiven Richter selber große Kunstfreunde waren oder zumindest einen sehr intensiven, freundschaftlichen Kontakt zum Therapeuten und Kunstkenner Prof. Dr. Sanusi Lamido pflegten – diesem gehörten mittlerweile nahezu alle Kliniken des asiatischen Kontinents[29] – konnten sie Aloysius' Argumentation bestens nachvollziehen und nickten verständig mit dem Kopf. Natürlich nicht alle gleichzeitig, sondern in mehreren unterschiedlichen Verhandlungen, über einen Zeitraum von über vierzig Jahren. Die Richter erwiderten dann etwa: »Ja, das ist sehr wahr! Alles was lebt, kann ja gar nicht tot sein! Der physikalische Tod ist in der Tat für ein lebendes, körperliches

---

29 Er verwaltete seine Besitztümer unter dem Namen Dr. Josef Zimmermann bei der Hang Seng Bank in Hongkong.

Wesen mit Bewusstsein unvorstellbar.« Und plötzlich kamen sie darauf, dass es vielleicht nur wegen dieser geschilderten Unmöglichkeit, dieser Offenbarung der Unauflösbarkeit überhaupt Kunst, Kapitalismus, Kommunismus, Religionen – ja alle Philosophien und Weltanschauungen existieren. Sonst würden die Menschen einfach verrückt, drehten durch. Oder, falls sich doch letztlich Vernunft und Pragmatismus gegen Weltanschauung, Ideologie und Spiritualität durchsetzen, wie beispielsweise vor vielen Jahrzehnten durch den deutschen Außenminister Gutfried zu Wellenberg geschehen, bliebe als letzter spiritueller, visionärer Ort, als Ort unkontrollierter Gedanken nur noch das RTL-Dschungelcamp übrig.[30] Aloysius Tong lächelte in sich hinein. Dieser Triumph am Ende seines langen Leben baute ihn noch einmal auf. Insgeheim vermutete er dahinter sogar das Geheimnis seiner Langlebigkeit. Möglicherweise war er ja unsterblich? Wer wollte das schon wissen? Es gibt immer ein erstes Mal. An seiner Ernährung – er liebte fettes Fleisch mit harten Knorpeln – oder der guten Luft konnte es jedenfalls nicht liegen. Oder vielleicht gerade deshalb?

The Physical Impossibility of Death in the Mind of Someone Living

»Könnten Sie so lieb sein und dem verehrten Gericht den Titel des Kunstwerks noch mal auf ein Stück Papier schreiben?«, hatte bisher noch jeder Richter nachgefragt. Insgesamt gab es fünf Prozesse. Der letzte hatte 2059 stattgefunden, zwei Jahre vor Aloysius Ableben. Zum ersten Mal änderte sich das Frageritual. Als Aloysius den langen Titel des Kunstwerkes von sich gab, sagte der Rich-

30 Im Jahr 2009 wurde der Neo-Individualliberalismus in Deutschland mit Begriffen wie »die Mitte« in farblichen Nuancen von Politikern aller Couleur für sich in Anspruch genommen. Die alltägliche Dominanz von allgegenwärtiger Vernunft, gesundem Menschenverstand und Rationalität in Politik und Wirtschaft führte dazu, dass das mittlerweile als »sakral« und »fiktiv« enttarnte »Paradies« der christlichen Religion nun durch ein »RTL-Dschungelcamp« ersetzt

ter: »Es tut mir wirklich sehr leid. Aber ich höre diesen Titel zum ersten Mal.« Aloysius war fassungslos. Denn eigentlich hatten sich alle Richter bisher als große Kunstkenner erwiesen. Sie hatten sofort Bescheid gewusst und bei Nennung des Titels sofort auch den Namen des Künstler gerufen.

Deshalb traf ihn die nächste Frage wie ein Peitschenhieb.

Der Richter starrte Aloysius wie blöd an und fragte: »Wie heißt denn der Künstler?«

Aloysius Tong zuckte zusammen. Seine Gedanken oszillierten. Ja, wie hieß der denn noch mal? Aber, war es denn überhaupt ein Künstler? War es nicht vielmehr eine Künstlerin? Ja, ja, genau! War da nicht irgendwas mit Da, Da, David? Oder eher Dalton, Damon? Oder war es eher Dan, Dan, Danai?

Cosmas und Damian

Langsam beruhigte er sich. Und dann fiel es Aloysius endlich ein: Bestimmt war es kein Künstler, sondern eine Künstlerin. Viel wahrscheinlicher. Dann müsste es sich um Danai Udomporn handeln, die amerikanische Aktionskünstlerin.[31] Sie hatte seinerzeit damit provoziert, indem sie hell erleuchtete, weiß getünchte Kunsthallenräume, die sogenannten White Cubes, mit alten, verschmutzten Matratzen vollgeballert hatte. Das Kunstwerk, welches er damals durch den Hinweis des Prof. Dr. Sanusi Lamido von ihr erworben hatte, sollte jedenfalls irgendetwas mit dem Meer und seinem Reichtum zu tun haben. Da, Da, Danai![32] Ja, Danai, genau! Die Eselsbrücke funktionierte. Just, als sich Aloysius an ihren Vornamen erinnerte, verflüchtigte sich bereits ihr mutmaßlicher Nachname

wurde, in dem eine Realität gelebt wurde, die einen neuen »Erlöser«, genannt »Dschungelkönig«, durch demokratische Mehrheitsentscheidung hervorbrachte.

31 Vermutlich eine Verwechslung von Udomchoke Danai (*1981), dem thailändischen Tennisspieler und Udomporn Polsak (*1981), der thailändischen Gewichtheberin.

32 *Danai*, aus dem neugriechischen: »die mit dem Meer zu tun hat«.

Udomporn. Nach kurzem Leerlauf, fiel ihm schlagartig der Nachname wieder ein: Hearst. Danai Hirst. Aloysius war sich absolut sicher. Sein Gedächtnis ließ zwar schon etwas nach. Aber speziell bei Nachnamen funktionierte es immer noch brillant. Nun, da er endlich den Nachnamen der Künstlerin aus den krustigen Synopsen seines leicht lädierten Hirns gekramt hatte, beschlichen ihn Zweifel. War es tatsächlich Danai? Irgendwas stimmte da nicht. Zunehmend wurde er unsicher. War es nicht vielleicht doch ein Künstler, ein Mann gewesen? Einer mit dünnen, zusammengepressten, unsinnlichen Lippen, ein im Grunde unattraktiver, schmieriger, eingebildeter Typ, aber hochintelligent. Und dann schoss ihm der Name in die Hirnwindungen: Richtig, genau! Sein Vorname begann mit dem Buchstaben C, dem Buchstaben vor dem D. Schon immer war das C Aloysius Tongs Eselsbrücke für diesen Künstler gewesen: Irgendwas mit C, ja, genau. Plötzlich stiegen einsame Lettern aus den Tiefen seines Unterbewusstseins. Das unterforderte Hirn von Aloysius Tong kam in Schwung, explodierte förmlich. Heißgewordene Synapsen sprühten göttergleiche Funken. Und nun erschien der heilige Märtyrer Cosmas vor seinem inneren Auge. All diese Prozesse spielten sich in Sekundenbruchteilen ab. Mit fester, ruhiger Stimme sagte der agile Greis: »Der Name des Künstlers ist …«, hielt an – eine dramatische Pause folgte – und wiederholte: »Der Name des Künstlers ist …« und vollendete mit den Worten: »… Cosmas Hearst!«

Der Richter sagte: »Aha.« Seine Mimik verriet jedoch, dass er keinen blassen Schimmer von Kunst oder Kunstgeschichte hatte.

Kosmas

Mit fester Stimme erläuterte Aloysius dem Richter den Werdegang des genialen Künstlers. Hin und wieder wandte sich der greise Kunstfreund dabei auch den Schöffen und dem Publikum zu: »Cosmas Hearst war ein sehr radikaler, politisch engagierter Künstler aus den Vereinigten Staaten von Amerika. Er entstammte einem wohlhabenden Elternhaus. Sein Vater war Besitzer der einflussreichsten Zeitungen, Radiostationen und TV-Sender des Landes. Eines Tages wurde sein musisch hochbegabter Sohn von einer linksradikalen Terrorgruppe namens *Symbionese Liberation Army* entführt. Während dieser Entführung identifizierte er sich mehr und mehr mit der Ideologie und den Zielen der SLA. Zuletzt schloss Cosmas Hearst sich den Entführern sogar als Aktivist an. Um den SLA-Terroristen seine große Sympathie und Zugehörigkeit zur SLA zu beweisen, raubte er sogar eine Bank aus. Später, nach seiner Festnahme, bereute Cosmas Hearst seine Übeltaten zutiefst. Sein Vater engagierte einen der renommiertesten psychologischen Gutachter des Landes, der bei ihm das sogenannte Stockholm-Syndrom diagnostizierte. Vom Präsidenten der Vereinigten Staaten, der auch ein persönlicher Freund seines Vaters war, wurde Cosmas Hearst nach elf Jahren Haft begnadigt.«[33]

Von der geschlechtsangleichenden Operation, die Kosmas später durchführen und zur Frau, zu Danai werden ließ, erzählte Aloysius Tong dem Richter nichts. Das würde, nahm der greise Kunstliebhaber an, den als ultrakonservativ bekannten Herrn vermutlich nur verwirren.

»Den Namen des Künstlers sollte man sich merken!«, meinte

---

33 Aloysius Tong verwechselt Damien Hirst offensichtlich mit *Patty Hearst,* Tochter des einflussreichen US-amerikanischen Medienmoguls William Randolph Hearst (1863–1951).

133

der Richter, schrieb KOSMAS auf einen Zettel, murmelte: »Kosmas Hearst, Kosmas Hearst« und bemühte sich um einen Vergleich mit den klagenden Anwohnern. Ein solcher kam allerdings nie zustande. Der Richter zog sich überraschend aus dem Prozess zurück – aus Gesundheitsgründen, wie es hieß. Zum Glück hatte er zufällig gerade eine große Summe Geld bei einem TV-Quiz gewonnen, so dass seine Altervorsorge gesichert war. Den Namen des Künstlers vergaß er schnell. Der Zettel, auf dem er in Großbuchstaben KOSMAS notiert hatte, verschwand spurlos.

Erbe

Und wieder reisen wir ein Stück durch die Zeit, in das Zimmer von Aloysius, zehn Tage nach seinem friedlichen Ableben. Sein Körper ist bereits weggeschafft und – wie testamentarisch aufgetragen – einbalsamiert und im Dschungel in einer kleinen Pyramide vergraben worden – allerdings anonym.[34] Was von Aloysius Tongs Leben übrig blieb, war sein riesiges Anwesen, vollgestopft mit mehr oder weniger wertvoller Kunst. Seine inzwischen fast unüberschaubare Nachkommenschaft eilte in das verwaiste Millionärsviertel. Schon von weitem strömte den Kindern, Kindeskindern und Ururenkeln bestialischer, infernalischer Gestank entgegen. Ein stechender, nichtendenwollender Schrei. Zunächst schickten die Wortführer der Familie minderjährige, zartbesaitete und nervenschwache Familienmitglieder in das sechzig Kilometer entfernte Luxushotel Fouqué de la Playa in Malaysia. Bis dorthin konnte der *Penningarlikt* nicht dringen. Die anderen besorgten sich im bereits recht maroden Zentrum von Singapur Gasmasken

---

34 Aloysius Tong war zeitlebens ein großer Bewunderer des Fürsten Pückler und seiner grünen Grabpyramide im Park von Branitz bei Cottbus gewesen.

und Sauerstoffflaschen. So ausgestattet, wollten sie das Haus ihres Vaters, Opas und Uropas inspizieren. Keiner, der die Möglichkeit dazu hatte, wollte die von Notaren begleitete Öffnung der seit Jahrzehnten unberührten Schatzkammer im zweiten Stock verpassen. Jeder hatte von den edlen, unbezahlbaren Schätzen gehört, die sich da zwischen all der Fäulnis, dem Müll und Verfall verbergen sollten. Und unbezahlbar bedeutete schließlich immer noch: Es lässt sich gut verkaufen.

Die Schatzkammer

Lange hatte es sich gestaut. Beim Aufschließen der Tür schoss ein pestilenzartiges Gestankskonzentrat mit voller Wucht auf die trauernden Verwandten. Der brutale Angriff eines riesigen Mauls, welches besetzt mit scharfen, spitzen Zähnen die unvorbereiteten Geruchsnerven attackierte. Ein unsichtbarer Fausthieb – und doch irgendwie mitten drin auch eine Brise von etwas Heiligem, Sakralem. Dieser Atem, den Menschen allen Atem raubte, war zum integralen Bestandteil der geistigen, spirituellen Kraft dieses Jahrtausendwerkes geworden.

Millionen gelblich-weißer Würmer, Kakerlaken und fetter Maden krochen um die in Folge langjähriger Gärungs- und Fermentierungsprozesse zerborstene Bassinabdeckung. Es schien regelrecht explodiert zu sein. Wäre der Tigerhai statt in einem Glasbehälter seinerzeit vom Künstler in einem Metallgefäß gelagert worden, wäre der Deckel möglicherweise nur etwas noch oben gedrückt, nicht aber gesprengt worden.[35] Myriaden aufgeschreckter grünblau schillernder Schmeißfliegen erfüllten das Lager mit irrem,

35 Vergleichbar mit Lutefisk, einer norwegischen Fischdelikatesse, welche bei ihrer Reifung den Deckel ihres Behältnisses, einer Konserve, mit großer Kraft nach oben wölbt.

monotonem Surren. Tropische Kribbelmücken quetschten sich in jede nur erdenkliche Zimmerritze. Sie krabbelten in alle sich bietenden Körperöffnungen – es war teilweise so entsetzlich, dass der Gedanke an die ganzen Scheußlichkeiten sogar dem Autor dieser Zeilen kurz den Atem verschlägt. Zweimal musste die Begehung des riesigen Kunstlagers abgebrochen werden. Eines der Familienmitglieder hatte sich unter der Gasmaske erbrochen und drohte daran (weiße Trüffelpastete in Champagnersauce) zu ersticken. Immerhin funktionierte das soziale Netzwerk. Niemand wollte den Tod eines Verwandten in Kauf nehmen. Obwohl dies letztlich mehr Geld für den Einzelnen gebracht hätte. Angehörige, welche angenommen hatten, eine sommerliche, normaler Straßenbekleidung plus Gasmaske dürfte für die Begehung ausreichend sein, waren eh längst geflüchtet. Wie Astronauten, ausgestattet wie in einem alten Science-Fiction-Film, mit Atemschutzgeräten und klobiger Spezialkleidung, inspizierte die Nachkommenschaft des Mäzens das Kunstdepot. Am ergiebigsten erwies sich die eher konventionellen Werke, wie die ausufernden Münz-, Schmetterlings- und Briefmarkensammlungen. Zwar fehlten nach der später erfolgen Bestandsaufnahme laut Inventarliste etliche besonders ausgefallene oder extrem seltene Exemplare – aber die große Herzlichkeit unter den Verwandten tötete jeden auch nur leisen Anflug von Misstrauen. Diese gute Eigenschaft, so dachten sie jeder für sich, hätten sie oder er von ihrem großen, erfolgreichen Ahnen mit auf den Lebensweg bekommen.

Zwischen einigen angeschimmelten Grafiken und Zeichnungen – bedauerlicherweise tropfte es durch eine undichte Stelle im Dachgeschoss – wurden kostbare Zeichnungen von Michelangelo und ein kleines, lange für verschollen gehaltenes Gemälde von Leonardo da Vinci ans Tageslicht befördert. All diese waren überraschend gut erhalten, vielleicht gar, weil sie lange von den zersetzenden Einflüssen des Sauerstoffs verschont geblieben waren. Für die kostbaren Porzellane aus der Ming-Dynastie und die komplette Briefmarkensammlung fanden sie schnell Käufer unter den wohlhabenden Kunstfreunden, Sammlern und Mäzenen in aller Welt.

Galapagonesen

Zwanzig Jahre nach dem Verkauf wanderten die Porzellane, Vogelbälge und anderen Kunst- und Kulturschätze bereits wieder in der Welt umher. Nachdem ihnen London, New York und Stuttgart zu gefährlich geworden waren, lebten die neuen Reichen inzwischen auf den australischen und südamerikanischen Kontinenten vorgelagerten Privatinseln. Einzelne, besonders exklusive Gruppen speziell aus dem Management- und Bankenbereich wohnten abgeschottet auf den Galapagos-Inseln. Dort hatten sie bereits so starke physiognomische Ähnlichkeiten zu-, mit- und untereinander entwickelt, dass der international renommierter Finanzexperte und leidenschaftlicher Hobby-Anthropologe Peter Watroba von einer »eigenen Menschenspezies« sprach, die sich da entwickelt habe. Sogar von einem Galapagos-Gen war die Rede. Dabei bezog Watroba sich auf Charles Darwin und seine Finken und kombinierte dessen Theorien mit denen des längst vergessenen deutschen Hobby-Eugenikers Thilo Sarrazin. Dieser hatte vor Jahrzehnten ein paar rassekundliche Überlegungen mit finanzpolitischen Überlegungen vereint und damit einen Bestseller gelandet. Zwar galten seine Schlussfolgerungen unter vielen Wissenschaftlern als höchst umstritten. Doch nun wurden sie wieder ans Tageslicht befördert. Und in der Tat: Die Menschen auf dem Eiland der Milliardäre sahen einfach wirklich total anders aus als alle anderen. Und so schuf der Finanzexperte Peter Watroba den Begriff des Galapagonesen als eine neue Menschenspezies. Tatsächlich aber benutzten die abgeschotteten Bewohner der Insel lediglich ähnliche Kosmetika, den selben Schönheitschirurgen, die gleichen Ärzte und Frisöre. Außerdem hatten sie einen speziellen Slang entwickelt, sodass der Eindruck, sie gehörten einer ganz speziellen, eigenen Menschenart neben dem Homo sapiens, durchaus verständlich war. Die Anzahl der Galapagonesen wuchs durch ständigen Zuzug. Die Produktion von Klimachips und die Möglichkeit der Herstellung neuer, vielseitig einsetzbarer Plasmabrocken hatten das Entstehen dieser neuen Milliardärsszene ermöglicht, welche daran interessiert war, in einer ruhigen, sicheren, sonnigen und sauberen Umgebung zu leben. Dass unter diesen neuen Reichen auch ein Urenkel von Gary Bright war, dem Sportfischer und Immobilienhai aus Tasmanien, ist eine kurze, amüsante Anekdote am Rande, die bei dieser Gelegenheit nicht unerwähnt bleiben sollte. Auf jeden Fall sammelte die neue Elite klassische Kunst, mit Vorliebe Werke aus der Renaissance und dem Barock. Ein starkes Interesse entwickelte sich bei einigen Sammlern aus Galapagos an *Volapük,* einer Kunstrichtung, die zwischen 2020 und 2024 sehr einflussreich war. Sie basierte auf der Renaissance einer Kunstsprache, die der Gelehrte Johann Martin Schleyer[36] um 1880 geschaffen hatte. Es war die erste künstlich beziehungsweise kunstvoll hergestellte Universalsprache. »Wäre das nicht wunderbar«, fragten sich die Sammler

36 Johann Martin Schleyer (1831–1912), ein Vorfahr von Hanns-Martin Schleyer, des von der RAF ermordeten deutschen Arbeitgeberpräsidenten.

der exklusiven Volapük-Skulpturen und Bilder, »wenn wir nur noch eine einzige Kunstrichtung hätten? Eine universelle, allgemeine Kunst, die jeder Mensch überall sofort versteht?«

Niedergang

Schließlich ereilte das Grundstück von Aloysius Tong das gleiche Schicksal, das zuvor die Nachbargrundstücke ereilt hatte: Ungerührt eroberte sich die Natur ihren Raum. Die Zufahrtswege waren bald von Farnen und Kräutern besiedelt, die mit ihren Wurzeln das Pflaster sprengten. Tropische Regengüsse beschleunigten diesen Prozess. Überall wölbten sich Beulen aus den geteerten Straßen, die schließlich wie Eiterpickel aufplatzten. Pflanzen tauchten in diesen auf, darunter auch manch schöne Blume. Rankende Gewächse besiedelten die ehemals gepflegten Gärten, die Rabatten, Hecken und die kunstvoll gestutzten Labyrinthe der Siedlung. Bäume sprengten die Gewächshäuser. Kräftige Schlingpflanzen erstickten Mauern und Zäune, drückten sie nieder. Urwälder entstanden, mit mächtigen Bäumen, Lianen und duftenden Orchideen. Über die Jahrzehnte schuf die unkontrollierbare Kraft der Natur aus zerfallenden Villen bizarre Klippen und atemberaubende Steilküsten. In ihnen brüteten Möwen und Alken. Tropfendes Wasser wusch allmählich Höhlen aus. In ihnen hausten große Asseln, schliefen Millionen von Fledermäusen, um im dichten Schwarm nachts zu weit entfernten Jagdgründen zu fliegen. Jahrzehnte vergingen. Den fruchtbaren Perioden folgten oft langjährige Dürren. Schließlich begrub feiner Sand die Relikte der zerfallenden Siedlung, deckte sie sanft zu, Meter um Meter.

Sexskandal im Vatikan (gegen 2104)

Auslöser gewaltiger Umbrüche in der Menschheitsgeschichte war ein zunächst relativ unspektakulärer Vorfall im Jahr 2104. Eher zufällig war durch einige auf das Handys heruntergeladene Bilder – sie zeigten einen gutgebauten Escort-Boy in aufreizender Pose – der ultrakonservative Papst Vittus XIV ins Visier von Zivilfahndern geraten. Diese ermittelten gerade über geheime Netzwerke von männlicher Prostitution. Einige dieser anzüglichen Handybildchen führten direkt in den Vatikan. Mehr und mehr Details über die Nebengeschäfte des erzkonservativen Papstes sickerten durch die dicken Mauern des Vatikans. Alle Beteuerungen, die Bilder seien infolge einer Recherche zum Thema Prostitution sozusagen versehentlich zum Heiligen Stuhl gelangt, konnten niemanden überzeugen. Es schien eher so zu sein, dass sich der Etat des Kirchenstaates inzwischen zu einem nicht unerheblichen Teil aus den Einnahmen der erfolgreichen Escortvermittlung speiste. Bei weiteren Nachforschungen öffnete sich ein wahrer Höllenschlund. Eine Hausdurchsuchung schien unvermeidlich. Der Pressesprecher des Vatikans spielte die Affäre herunter, der Papst sprach von bedauerlichen Einzelfällen und einer Intrige gegen ihn, während die Bischöfe lückenlose Aufklärung gelobten. Zu spät. Kaum jemand glaubte mehr den alten, greisen Männern in ihren kunstvoll bestickten, goldenen Samtroben und roten Schühchen. Um eine Stürmung des Kirchenstaats durch aufgebrachte Bürger zu vermeiden, wurde sein Territorium durch eine europäische Terrorbekämpfungstruppe besetzt. Da der Vatikan ein selbstständiger Staat war, musste internationales Recht gebrochen werden. Um die Empörung der Bevölkerung zu dämpfen, wurden der Petersdom und die Sixtinische Kapelle zu Museen umfunktioniert. Zugänglich bei freiem Eintritt. Kopisten fertigten Dubletten der gesamten Reliquien, Silber- und Goldpokale, Siegelringe, Taufbecken und Gemälde an. Die Originale wurden später von Auktionshäusern versteigert. Mit dem Erlös sollte den Opfern von Missbrauch und Gewalt geholfen werden. Bedauerlicherweise gab es bei der Verteilung des Auktionserlöses ein paar Unregelmäßigkeiten, die an dieser Stelle aus Platzgründen nicht weiter aufgeführt werden können. Auf jeden Fall setzten die erwähnten Ereignisse eine Entwicklung in Gang, die in der Folge nicht mehr zu kontrollieren war und sich verselbstständigte. Die Ergebnisse der strengen Untersuchungskommission und die anschließende Umverteilung des vatikanischen Vermögens inklusive allen Grundbesitzes erschütterten das vorherrschende Glaubensystem Europas in den Grundfesten. Nicht nur zahlreiche Fälle von körperlicher und seelischer Gewalt gegen Kinder unter christlicher Obhut, auch unzählige Akten über Folter und Ermordung von Frauen und Männern in der ganzen Welt fanden im Zuge der Ermittlungen erstmals den Weg ans Tageslicht. »Im Grunde war das doch alles längst bekannt!«, grollte Papst Vittus XIV, bevor er in seinen Privatjet stieg, um den Lebensabend an einem ruhigen Ort in der Karibik zu genießen. Neben ihm saß sein neuer, ziemlich knackig gebauter Privatsekretär und lächelte in die Sonne.

Bischof Kattenbrock

Ein Bischof aus dem schweizerischen Engadin versuchte das Ruder wieder rumzureißen. In einer europaweit ausgestrahlten Predigt wandte sich William S. Kattenbrock an seine Glaubensbrüder und -schwestern: »Die Familie ist der Hort allen Übels.« Den Zuschauern stockte der Atem. Doch ungerührt setzte Kattenbrock seine Ansprache fort: »Über achtzig Prozent allen Kindesmissbrauchs und aller Gewalt werden innerhalb der Familie verübt!« Er verdrehte dabei angewidert seine Augen und ergänzte wie in Trance: »Und deshalb muss die Familie sofort und komplett abgeschafft werden!« Gut, er hatte schon Recht. Also, mit dem Missbrauch und der Gewalt innerhalb der Familie. Aber nun deshalb gleich zum Verbot von Ehe und Familie aufzurufen, scheint ja nun auch etwas übertrieben zu sein. Doch es war bereits zu spät für die radikale Kehrtwende: Statt die aufgekratzte Stimmung etwas zu dämpfen, die Auflösungstendenzen zu bremsen, steigerte Bischof William S. Kattenbrock durch seine nachfolgende Publikation, das *Manifest der Ewigen Sanftheit,* vielmehr die Hysterie. Sein bizarres Thesenpapier wurde in hundertzweiundsiebzig Sprachen übersetzt, gedruckt und millionenfach verbreitet. Um einen Eindruck davon zu bekommen, folgend einen kurzen Auszug: »Beispiel Island: 1996 gestand der Gesetzgeber seinen homosexuellen Bürgern und Bürgerinnen alle Rechte zu, die auch den Heterosexuellen zustanden. Doch obwohl Ethnologen und Theologen annahmen, die Bevölkerung werde dort infolge der Gesetzgebung auf längere Sicht aussterben, wurden dort mehr Kinder geboren als in jedem anderen Land in Europa.«[37] Bei seinen Live-Predigten

---

37 Geburtenrate Islands 2009 lt. isländischer Statistikbehörde: 2,14 Kinder, somit die höchste in Europa.

hielt er nach diesem Satz inne und machte eine dramatische Pause. Alle warteten auf William S. Kattenbrocks Schlussfolgerung. Zunächst begann der komplette Körper des Bischofs zu vibrieren. Er schwoll rot an und seine ganze Person, inklusive seiner Persönlichkeit, geriet in einen unkontrollierten Rauschzustand. Und dann brüllte er: »Und deshalb fordere ich die ausdrückliche Förderung gleichgeschlechtlicher Betätigung durch umgehende Errichtung zahlreicher lesbischer und schwuler Sexclubs, erotische gleichgeschlechtliche Kontaktmöglichkeiten in jeder öffentlichen Einrichtung, inklusive den Stadtbibliotheken und kirchlichen Gemeindehäusern. Sex-Orgien in Gemeindehäusern und die Finanzierung schwuler Saunen und lesbischer Darkrooms mit Hilfe von Steuergeldern. Nur so können wir die Christenheit vor dem Aussterben retten.« Die Zuschauer jubelten. Doch die Begeisterung hielt nur kurze Zeit an.

Es sollte an dieser Stelle erwähnt werden, dass es sich bei Bischof Kattenbruck nicht etwa um einen sogenannten warmen Bruder handelte, der unter dem Deckmantel des Fortschritts seine privaten Neigungen durchsetzen wollte – ganz im Gegenteil. Bischof Kattenbruck war straight bis zum Anschlag. Schon der leiseste Händedruck einer x-beliebigen Frau brachte sein Blut in Wallung und führte bei ihm zu stundenlanger Erektion, hin und wieder sogar zur unkontrollierten Ejakulation unter dem Bischofsgewand (ein Affekt, für den er allerdings nichts konnte und den er in der Vergangenheit auch medizinisch hatte behandeln lassen). Die Berührungen mit einem Mann ließen ihn dagegen kalt wie Eis. Niemals hätte er mit einem Mann eine Nummer schieben wollen und können. Bischofs William S. Kattenbrucks Proklamationen wurden dessen ungeachtet immer radikaler. Bald schon predigte er, heterosexuelle Beziehungen streng zu kontrollieren und diesbezügliche sexuelle Aktivitäten stark einzuschränken, um so das Überleben der Menschheit zu sichern. Verwirrt traten Katholiken, Protestanten und Orthodoxe aus ihren Kirchen aus. Manche suchten verzweifelt Rettung in Moscheen, Synagogen, buddhistischen Tempeln und bei anderen Religionsgemeinschaften. Aber auch dort rannten die geistigen Führer gerade mit den gleichen Ideen wie Kattenbrock herum. Es lag einfach in der Luft, war zeitgleich überall entstanden. Nur Form und Gestalt sahen immer etwas anders aus.

Es gab eine massenhafte Bewegung von Ein-, Aus- und Übertritten. Im totalen Wirrwarr war es völlig normal, wenn ein tiefgläubiger Katholik innerhalb kürzester Zeit zum überzeugten Anhänger des jüdischen Glaubens wurde, um nur ein paar Tage später zum asketischen Buddhisten und anschließend zum sanften Muslim zu werden, aus welchem sich wiederum ein fanatischer Atheist entwickelte, der Anhänger einer protestantischen Selbstmördersekte wurde. Dort angelangt, das heißt: falls er oder sie sich von den anstrengenden Metamorphosen erholt hatte, ging das Spiel wieder von vorne los. Der Vollständigkeit halber sollte erwähnt werden, dass die hastigen Aus-, Über- und Eintritte die allgemeinen Kenntnisse über die unterschiedlichen Glaubensdogmen zunächst stärkten, in der Folge aber nicht etwa zu ewigem Frieden und großem Verständnis führten. Eigentlich blieb alles beim Alten. Es war so wie es immer schon gewesen war. Nur viel hektischer und deshalb unübersichtlicher, unnachvollziehbarer. Die allgemeine Verwirrung verstärkte sich besonders durch die zunehmende Geschwindigkeit, mit welcher der Wandel, der ja eigentlich eine

Art Metamorphose der Menschen und ihrer Spiritualität war[38], vollzogen wurde. Die atomisierte Masse produzierte mit ihren Schwingungen einen geschlossenen Kreislauf, der immer kurz vor der Implosion stand. Doch bevor es dazu kam, beendete eine unvorhergesehene Entwicklung diesen streng in seinen Rahmensetzungen zirkulierenden Prozess. Von außen, buchstäblich wie aus dem Nichts trat der unbeschreibliche Rest in Gestalt eines neuen Heiligen namens Fritz Schulte-Neuhaus in die Wahrnehmung des erstarrten Kreislaufs.

Fritz Schulte-Neuhaus

Mit dessen Erscheinen gewann unter den Besuchern der Moscheen, Tempel, Synagogen und christlichen Kirchen allmählich ein eigenartiger Buddhismus an Boden. Eigenartig deshalb, weil er zwar alle bekannten buddhistischen Bilder, Zeichen und Symbole mit sich transportierte, aber mit der eigentlichen, überlieferten buddhistischen Lehre gar nichts mehr zu tun hatte. Und doch wurde sie als solche wahrgenommen. Die Bilder, Zeichen, Formen und Rituale waren offensichtlich so wirkmächtig, dass sie jede Deutungsmacht über den Inhalt übernehmen konnten. Zunächst wurde die neue Religion von Fritz Schulte-Neuhaus nur von winzigen Gruppen seiner streng dogmatischen Anhänger ausgeübt. Jedes einzelne Wort von Fritz Schulte-Neuhaus studierten diese genauestens, wobei sie dessen Signifikanten aber möglichst vielschichtig auslegten und alle diese Auslegungen am Ende gleich gewichteten. Das kam gut an und so folgten Schulte-Neuhaus bald mehr und mehr Jünger. Sein Doppelname allerdings erwies sich

38 Der Autor nutzt die Gelegenheit, um auf die Erstübersetzung von Johann Wolfgang von Goethes erstem naturwissenschaftlichem Werk, der 1790 erschienenen Schrift »Der Versuch die Metamorphose der Pflanzen zu erklären«, durch Jón B. Atlason in die isländische Sprache hinzuweisen. Johann Wolfgang von Goethe: Der Versuch die Metamorphose der Pflanzen zu erklären. Deutsch-isländische Ausgabe, herausgegeben von Wolfgang Müller. Berlin/Reykjavík: Walther von Goethe Foundation 2002.

als größtes Handicap. In einer von den Medien weltweit live über-
tragenen Zeremonie taufte er sich um in ASTRAL.

ASTRAL

Fritz Schulte-Neuhaus offenbarte sich der Welt. Seine ursprüngliche Herkunft sei der Astralnebel, verkündete der Heilige und
rülpste dreimal unvermittelt (damit wollte er seine »weltliche Herkunft« betonen). Er, ASTRAL, sei ein erwählter Astralleib, der
aus dem All gekommen sei, um den Menschen ewige Zufriedenheit
zu bringen – keineswegs, um sie zu erlösen oder zu trösten. Der
Glaube dieser neuen Religion, bekannt als ASTRALISMUS, ließ
sich so zusammenfassen: Alle lebenden Menschen sind bereits Verstorbene, deren Astralleiber auf der Erde Gutes tun müssen, um
zum Ursprung ihrer Seele zurückzugelangen. Dieser Ursprung befindet sich in einem Paralleluniversum, welches vierzehn Milliarden Lichtjahre entfernt von unserem Sonnensystem liegt. Dort
hockt ein dürrer Buddha in einer Sänfte und wird von einer palm-
wedelnden Ziege mit Kühlung versorgt. Diese Kühlung wird durch
einen Klimaanlagen-Chip – den kannten inzwischen alle Menschen – erzeugt. Das Wedeln mit dem Palmblatt – Einfluss alter
monotheistischer Religionen – wird durch einen weiteren im Blatt
eingepflanzten Chip gesteuert, den ein Hund und eine Katze in
fünfundzwanzig Arbeitsjahren gemeinsam hergestellt haben, um
miteinander Frieden zu schließen. Eine kleine, weiße Maus singt
und tanzt derweil vor dem neuen Freundespaar. Sie wird von beiden grausam getötet, in zwei Teile geteilt und restlos vertilgt (später aber als kosmisch strahlender vegetarischer Leopard wiederge-

boren, der, ohne Magenkrämpfe zu bekommen, auf den Konsum von Fleisch verzichten kann). In ihrem riesigen Euter trägt die palmwedelnde Ziege die gesamte Weisheit des Universums. Der dürre Buddha verlässt hin und wieder seine Sänfte, melkt die Ziege und stellt aus ihrer Milch einen köstlichen Ziegenkäse mit hohem Fettgehalt (mindestens sechzig Prozent) her. Dieser schmeckt besser als jeder bekannte Ziegenkäse des Universums. Der dürre Buddha hat inzwischen etwas zugenommen und verkauft den Ziegenkäse an alle Planeten, Sterne, Monde und Galaxien. Diese essen ihn und gelangen beim Verspeisen zu ewiger Weisheit und immerwährendem Glück. Aus dem Glück entsteht die Gestalt einer Frau und aus der Weisheit der Körper eines Mannes, die anschließend ihre Geschlechter teilweise tauschen, wobei dann intersexuelle Menschen entstehen. Damit wird der Geschlechterkampf beendet und ewige Harmonie erfasst die Welt. ASTRAL wurde noch lange belächelt, als Scharlatan und Witzfigur bezeichnet und in den Medien lächerlich gemacht. Manche warfen Steine nach ihm. Einmal versuchte sogar ein Wahnsinniger ihn umzubringen. Allerdings war der Molli eine Attrappe und konnte gar nicht explodieren. Aber der Aura von ASTRAL tat das keinen Abbruch, im Gegenteil. Durch die hinterhältige Attacke wuchs sie eher noch. Und als sogar die erzkonservative katholische Piusbruderschaft um Aufnahme in die neue Glaubensgemeinschaft bat, wagte kein Mensch mehr, die charismatische Strahlkraft von ASTRAL anzuzweifeln. Die Medien waren längst auf seine Seite gewechselt. In der Folge entwickelte sich eine äußerst rigide, philosophische Religion mit unzähligen bizarren Regeln, die jährlich neu ausgeklügelt wurden, um den Optimalzustand zu erreichen.[39] In deren Einflusssphäre

---

[39] Vergleichbar mit den jährlichen Veränderungen der Tarife und Tarifzonen im öffentlichen Nahverkehr.

ließen sich Juden, Atheisten, Christen, Muslime und Hindus entsprechend umtaufen, gingen direkt in den Untergrund, wanderten aus oder flüchteten in Richtung der Kontinente, die sich jenseits von Europa befanden. Auf dem asiatischen Kontinent beherrschte derweil ein entsetzlicher Giftmüllskandal die Diskussion in den Gesellschaften. Die Katastrophe in Korea hatte den europäischen Skandal um den Escort-Service des Papstes weit überschattet.

Das blaue Wunder

In der Folge äußerst komplexer Ereignisse – alles fing mit der sogenannten *Blauen Erleuchtung* an, die den australischen Außenminister Dr. Akira Yamamotatu während seines Urlaubs auf Honolulu ereilte – entwickelte sich auf dem asiatischen Kontinent schlagartig eine ausgesprochen matriarchale Form des Katholizismus: Dr. Yamamotatu hatte die Vision einer blauen Wunderfrau gehabt, die alle Menschen von Schmerz und Pein im Nu befreite.[40] Ironie der Geschichte: Auf den mehrheitlich katholischen Philippinen löste sich der Katholizismus buchstäblich in Luft auf und machte Platz für eine Sonderform des Atheismus, einem Atheismus, der allerdings die strikte Befolgung strengster Regelwerke beanspruchte. Auf jeden Fall wurde der auf dem asiatischen Kontinent herrschende Katholizismus von einer extrem autoritären Päpstin verkörpert und repräsentiert, die an der Spitze der neuen Kirche stand. Meist saß sie natürlich auf ihrem Thron. Diese Päpstin, die erste, die in einer langen Reihe stehen sollte, erhielt den unaussprechlichen Namen *Jdcdfeucgjrdie3ode3zd.*[41] Die Päpstin *Jdcdfeucgjrdie3ode3zd* vermählte sich gleichzeitig mit mehreren

40 Im Ferienclub »Tahiti Wellness« hatte sich die Direktion einen Scherz mit dem ständig an Essen, Klimaanlage und Hotelpool herummäkelnden Minister erlauben wollen. Der Küchenhelfer Fabian Sing aus Iserlohn sollte als «Gespenst» mit einem blauen Laken über dem Kopf nachts den Nörgler erschrecken. Dass aus dem Scherz eine ganze Weltreligion werden würde, hätte seinerzeit niemand ahnen können. Der Küchenhelfer wurde mit dem Siegeszug dieser Religion

Männern und Frauen nach freier Wahl, die ihr allerdings nichts sagen, sondern lediglich zuhören durften. *Jdcdfeucgjrdie3ode3zd* trug immer eine bizarr geschnittene Fellmütze, mit kleinen Tierpfoten an der Spitze – selbst im heißesten Hochsommer. Falls einer ihre Gatten und Gattinnen ohne vorherige Genehmigung außerhalb der Nahrungsaufnahme den Mund öffnete und zu sprechen begann, wurde dem oder der Bedauernswerten sofort von der hawaiischen Leibwache die Zunge abgetrennt. Der Antrag zu dieser Sprechgenehmigung musste immer handschriftlich erfolgen, zwei Wochen im Voraus, als bittende Eingabe, gehalten in sehr devotem Tonfall. Da kannte Päpstin *Jdcdfeucgjrdie3ode3zd* nun mal keine Gnade. Aber das Gesetz war ja bekannt und wurde deshalb in der Regel auch befolgt. Gewiss, es war eine wirklich umständliche Prozedur, die aber befolgt, respektiert und mit der Zeit als völlig normal angesehen wurde. Und während Religionen weltweit munter metamorphosierten und ihre Formen und Inhalte dabei völlig veränderten, verfaulte der einst so stolze Tigerhai von Damien Hirst in einer verlassenen Villa am Singapore-River. Er schrumpfte und schrumpfte, verklumpte, verknäuelte sich ineinander und verklebte schließlich zu einem stinkenden, schleimigen, grün-gelblichen Brei, der in einem zersplitterten Glassarg ruhte. Die letzte Ruhestätte des einst hochgefeierten Künstlers Damien Hirst lag unter einer dicken Erd- und Eiskruste irgendwo in Nordamerika. Von seinen sterblichen Überresten blieben nur noch einige Zähne, künstliche Zähne, Implantate, aber auch drei echte Backenzähne. Die tropischen Regenwälder der malaysischen Halbinsel waren längst abgeholzt, das Holz zu edlen Möbeln und Furnierplatten verarbeitet. Einige Jahrzehnte lang wurden sie noch in den Baumärkten der

zur geistesverwirrten Person erklärt und in eine Art Kloster zwangsverfrachtet. Nach seinem dubiosen Tod durch salmonellenverseuchten Schafskäse (!) erklärte ihn das geistige Oberhaupt der neuen Religion zum Heiligen. Seine Hinterbliebenen erhielten rückwirkend eine großzügige Pension.

41 Er war durch ein Zufallssystem entstanden.

ganzen Welt zum Verkauf angeboten. Weitere zwei Jahrhunderte vergingen. Heftige Stürme aus den Wüsten trugen feinen Sand weit über das Land. Der Sand legte sich Schicht um Schicht auf die inzwischen längst verlassene Milliardärssiedlung. Er begrub die verwilderten Gärten und die von den Naturgewalten heimgesuchten Luxusvillen und Bungalows tiefer und tiefer, Jahr um Jahr, Tag um Tag. Schließlich zeugten nur noch sanfte hellgelbe Sandhügel von den mächtigen Villen, die dort einst auf grünen Flächen gethront hatten. Auf den Hügeln wuchsen weiße Margeriten und blaue Lobelien. In den Senken erhoben sich kraftvolle Tulpenbäume. Und über allem schwirrten zierliche, kobaltblaue Kolibris mit rotem Lidstrich und grünen Schwanzfedern. Nervös saugten sie am Nektar der Baumtulpen.

Im Jahr 2567

Im Jahr 2567 stieß der Plämorologist[42] Prof. Heger Hegdan, einer der renommiertesten Wissenschaftler seiner Zeit, auf die Spur einer bisher unbekannten Hochkultur. Während seiner Expedition durch das Watebea-Plateau im Herzen der Insel Loungbong legten seine Mitarbeiter alte Erdschichten aus der Zeit um 2020 frei. Durch eigenartige Verfärbungen des Erdreichs aufmerksam geworden, spannten Hegdans Hilfskräfte eilig Siebe auf. Schon bald förderten die begeisterten Plämorologisten mit diesen kleine Plastik- und Bronzekugeln hervor. Sie waren von bezaubernder Anmut und Schönheit. Ein besonderes Augenmerk der Forscher richtete sich auf die sechs gut erhaltenen, transparenten Zusammensteckkugeln aus gehärtetem Erdölmaterial. Sie sahen aus wie die Eihüllen eines

---

42 Hätte man früher wohl als eine Art Mischung aus Archäologe, Soziologe und Kartograph bezeichnet.

Froschembryos und enthielten kleine Mensch- und Tierfiguren sowie nachgebildete Maschinen. Selbst etwa zwanzig mehrere hundert Jahre alte *Kaugummis* aus der Postmoderne konnten geborgen werden. Die sie umgebenden Erdschichten hatten sie vom Sauerstoff abgeschnitten. Auf diese Weise hervorragend konserviert, hatten sie sich über die Jahrhunderte in erstaunlich gutem Zustand gehalten. Manche trugen sogar noch leichte Farbreste und schmeckten immer noch nach Frucht beziehungsweise den geschmacksidentischen Aromastoffen!

»Unglaublich!«, entfuhr es Prof. Heger Hegdan. Dem Grabungsleiter kam das Privileg zu, eine dieser Kugeln im Munde zu zerkauen, so wie es seine Urahnen vor Hunderten von Jahren zu tun gepflegt hatten. Trotz des extrem muffigen Geschmacks vermeinte Prof. Heger Hegdan einen Hauch von Zitrone zu schmecken. Davon angespornt, versuchte er gar das Gummi zu einer Blase zu formen. Vergeblich! Bevor sich die Blase aus seinem Munde wölben konnte, war sie schon zerplatzt und klebte an Zähnen, Schnurrbart und Lippen des enttäuschten Plämorologisten. Ein weiterer experimenteller Versuch war nicht möglich. Zu kostbar war der Fund: die ältesten Kaugummis der Welt. Prof. Heger Hegdan kratzte die Gummimasse von seinen Zähnen, Lippen, Bart und Wangen und stopfte sie in ein Gläschen, welches er sorgfältig verschloss. Anschließend verfiel er in eine schwere Depression. Doch nicht lange: Am zehnten Tag stieß das Forscherteam auf gewaltige, meterdicke Mauern. Inwendig waren diese mit weißem, italienischen Marmor verkleidet: ein in dieser Region bislang völlig unbekanntes Material. In den folgenden Wochen wurde eine große Siedlung mit fünfundsechzig Bauten freigelegt, die eine bisher noch unbekannte

Siedlungsform darstellte. Jedes Gebäude, jedes Grundstück, ja, das gesamte Interieur war völlig anders gestaltet als das jeweils andere. Nichts passte zusammen, nichts harmonisierte, die Gewichtungen waren grotesk, absurd, bizarr. Nach einem Begriff, der im Zeitalter der totalen Individualitätsentfaltung um 2010 geprägt worden war, legte sich Prof. Heger Hegdan auf »Zeitepoche der Neo-Individualliberalität« fest, der von nun an die großen Ähnlichkeiten des Individualstils beschreiben sollte. Dieser war eine Massenbewegung in der Postmoderne, bei der es darum gegangen war, Differenzen zu betonen und Ähnlichkeiten zu ignorieren.[43]

Die Moore

Besonderes Interesse der Forscher erregte eine riesige Bronzefigur, die vor dem Sockel eines der freigelegten Häuser gefunden wurde. »Es ist eine Moore!«, stieß Prof. Heger Hegdan atemlos hervor. »Eine Moore, eine Moore!« Ein paar ähnliche Bronzeobjekte hatte man in den letzten Jahrzehnten verstreut auf der ganzen Welt gefunden. Man hielt sie für religiöse Kultobjekte, über dessen ursprünglichen Einsatz und Gebrauch noch weitgehend Unklarheit herrschte. »Eine Moore?«, erwiderte das Ausgrabungsteam wie in Trance. Hier eine echte Moore zu finden, hätte niemand auch nur im Traum erwartet. Doch die Gelehrten entzifferten auf dem Objekt die alteuropäischen Schriftzeichen, konnten es so klassifizieren und ähnlichen Funden zuordnen. In der Folge dieser Entdeckungen wurde schließlich die Theorie der »Moore-Kultur« entwickelt, die in den Universitäten jedem Studierenden bekannt sein dürfte. Über diese matriarchalische »Moore«-Kultur verfassten renom-

---

43 Vgl. Matthias Mergl: Der Terror der Selbstverständlichkeit. Münster 2011.

mierte Wissenschaftler ganze Lexika und Nachschlagewerke. Es
würde den Rahmen dieses Buches sprengen, hier näher darauf einzugehen.

Kater Carlo

Die eigentliche Sensation aber verbarg sich in einer feuchten
Höhle hinter der halb eingestürzten rückwärtigen Hauswand.
Als sich die Forscher vorsichtig einen Zugang verschafft hatten,
eröffnete sich ihnen der Blick auf eine phantastische Märchen-
grotte. Ihr Anblick war atemberaubend. Nie zuvor hatte ein
Mensch so etwas gesehen, zumindest nicht in den letzten fünf
Jahrhunderten. Die rissige Decke der Grotte war vollständig mit
Blattgold überzogen. Aus den Wänden ragten Köpfe von Tier-
menschen mit bizarren Ohren, großen Augen und langen Nasen.
Unterbrochen wurden sie von ganzen Tiergestalten mit grotesken
Körpern. Immer waren es Tiere, aufrecht stehend und ähnlich ge-
kleidet wie Menschen vor fünfhundert Jahren. Eine der jungen
Hilfskräfte aus der Universität wies auf eine dieser Figuren und
rief vorlaut in die andächtige Stille: »Kater Carlo! Kater Carlo!«
Allgemeines Murmeln erhob sich. Prof. Heger Hegdan schüttelte
den Kopf und ärgerte sich über die Pietätlosigkeit. Schließlich
würde er selbst als der Entdecker der Sensation in aller Welt gefeiert werden und nicht etwa ein Student im fünften Semester. Von
Kater Carlo waren weltweit bisher insgesamt nur drei Exemplare
gefunden worden.[44] Konnte es also wirklich sein, dass diese Selten-
heit an jenem Ort einfach so herumlag, unter dieser Dünenland-
schaft mit den Tulpenbäumen? Und dass sie die Jahrhunderte fast

---

44 Jeff Koons hatte seinerzeit 256 davon herstellen lassen.

unbeschädigt überstanden hatte? Es war eigentlich unvorstellbar.
Es war eine Sensation.

Daisy Duck

Tatsächlich wurden in den nächsten Tagen noch eine einohrige *Mickey Maus,* eine *Donald Duck,* eine *Gustav Gans,* eine *Minnie Maus,* eine komplette *Goofy,* eine *Eusebia* und eine *Daisy Duck* ausgegraben – letztere leider mit abgebrochener Schnauze.[45] »Die *Daisy Duck vom Watebea-Plateau* wird als Venus des Neo-Individualliberalen Zeitalters in die Geschichte der Plämorologischen Forschung eingehen!« Die Worte des Ausgrabungsleiters klangen ausgesprochen selbstbewusst.

Tatsächlich waren die Plastiken in exzellentem Zustand. Nur einige wenige waren über die Jahrhunderte aus ihren Verankerungen gebrochen und lagen am Boden. Vom Mobiliar der Villa existierte bedauerlicherweise nichts mehr. »Vermutlich bestand die Inneneinrichtung dieses herrschaftlichen Hauses aus feinsten Tropenhölzern«, referierte die Plämorologistin Tuukala, der dabei ihr neustes Buch im Geiste erschien. Es trug den Titel »Möbelkunst der Neo-Individualliberalkultur«[46]. Leider erschien das Buch nur in ihrer Vorstellung. Sie, die große Hoffnung der modernen Plämorologie, wurde nur wenige Wochen später in einer Schredderanlage für Altmetall bis zur Unkenntlichkeit zerstückelt. Gemeinsam mit ihrem Lebensgefährten war sie aus unbekannten Gründen in die Anlage hineingesprungen. Ein modernes Liebesdrama? Gingen sie den Weg von Heinrich von Kleist und Henriette Vogel? Wir wissen es nicht und wir werden es vermutlich auch nie erfahren.

45 Jürgen S. Blake Eisenzahn: Geschlechtsdiphormismen bei den Mensch-Tier-Figuren aus dem Zeitalter des Neo-Individualliberalismus um 2000. Paris 2567.

46 Unter dem ähnlichen Titel »Möbelkunst der Neo-Individualliberalkulturen« erschien kurz nach ihrem überraschenden Tod das Buch von Dr. Ashiru Akintola, der ebenfalls an der Ausgrabung von Prof. Heger Hegdan beteiligt gewesen war.

Panzerknacker

Prof. Heger Hegdan konnte sein Glück kaum fassen. Er schluchzte hemmungslos. Als schließlich ein fast unbeschädigtes, vollständiges *Panzerknacker*-Ensemble freigelegt wurde, kannte die Begeisterung keine Grenzen mehr. Hatte vorher noch tiefes Misstrauen zwischen den Forschern im Camp geherrscht, weil jeder Angst davor hatte, andere könnten sich mit aufgeschnappten, gestohlenen Ideen einen Namen im Wissenschaftsbusiness machen, während man selbst unbeachtet zurückblieb, so lagen sich nun alle glücklich in den Armen. Sie herzten und sie küssten sich. Wie kleine Kinder hüpften sie auf einem Bein herum, schlenkerten mit den Armen, erregt und voller Übermut. Im Taumel des Glückes schien das lähmende Misstrauen wie weggeblasen. Weggeblasen waren auch Neid, Missgunst und Eifersucht. Große Freude einte die Herzen – um nur wenige Wochen später umso ätzendere Säuren zu produzieren. Sie führten zuweilen bis zum Herzstillstand allzu Empfindsamer. Auf jeden Fall sprach sich die große Entdeckung bald herum. Und nachdem die Medien weltweit über die Sensation berichtet hatten, setzte ein Pilgerstrom zum Plateau von Watebea ein. Alle wollten das neue Weltwunder bestaunen.

Jeval binom pöfüdik meine, kun binof pöfüdikum, ab jijip binof nim pöfüdikün!

Das geistige Oberhaupt des Kontinents, die Oberpäpstin Etsuka Kazakri XI aus dem Heiligtum von Kim Yong stand in einer jahrhundertealten Ahnenreihe mit der historischen Ur-Päpstin

Jdcdfeucgjrdie3ode3zd. Auch sie wollte die Entdeckung des Professors sehen. Aufwändige Sicherheitsmassnahmen waren vonnöten. Während *Jdcdfeucgjrdie3ode3zd* noch friedlich im Schlaf die Welt verlassen hatte, war ihre unmittelbare Vorgängerin Marianne Kazakri X von einem Wahnsinnigen mit einer Axt attackiert worden und an den Folgen der dabei erlittenen Verletzungen qualvoll verstorben. Ein katastrophales Ereignis. Denn laut Regelwerk der Tom-Yom-Religion hätte eigentlich die Nachfolgerin ihre Vorgängerin zu einem genau bestimmten Zeitpunkt mit einem gezielten Messerstich ins Herz töten müssen. Dieser Codex war nun nicht mehr einzuhalten und die noch junge Religion würde mit dem Tod von Marianne Kazakri X also wohl ebenfalls vergehen müssen. Ihr Mörder, ein tiefreligiöser Anhänger von ASTRAL, der sich für die Wiedergeburt der neuen Tom-Yom-Päpstin hielt, konnte unmöglich selbst zur Päpstin bestimmt werden. Zumal er jede geschlechtsangleichende Operation verweigerte. Das Problem lösten die Zeremoniemeisterinnen, indem sie den Körper der Ermordeten so präparierten, als sei Marianne Kazakri X noch lebendig. Ihre Augen wurden weit aufgerissen und ein Implantat eingelassen. Mit Hilfe eines Minicomputers irrten ihre Pupillen suchend umher. Alles sah unglaublich echt und lebendig aus. Die Nachfolgerin, Oberpäpstin Etsuka Kazakri XI konnte nun zustechen und dabei aus voller Kehle ihr: »Jeval binom pöfüdik meine, kun binof pöfüdikum, ab jijip binof nim pöfüdikün!«[47] rufen, um endgültig zum geistigen Oberhaupt ihrer Kirche zu werden. Auf einer silbernen Sänfte wurde sie mitsamt ihrem vierjährigen Töchterchen Maria Kazakri XII in die muffige Höhle getragen, in der einst Aloysius Tong Millionendeals mit Klimaanlagen unterzeichnet hatte.

[47] Übersetzt aus dem Volapük: Das Pferd ist dem Menschen nützlich, die Kuh ist nützlicher, aber das Schaf ist das nützlichste Tier.

Leuchtstrahler wiesen auf die einzelnen Figuren, und die stolzen Forscher erklärten dem Oberhaupt der Tom-Yom-Kirche die Bedeutung der einzelnen Figuren.

»Diese Figur zeigt Kater Carlo so, wie sich die Menschen sie damals vorstellten!« Prof. Heger Hegdan wies auf die Katze mit menschlichem Antlitz. »Sie war die erste Figur, die wir fanden«, ergänzte sein Assistent eilfertig. »Und sie trägt wie viele Figuren einen männlichen Kultnamen, also Kater, obgleich sie ja eindeutig ein Weibchen ist.«[48] Die Oberpäpstin nickte sanft, nahm ein Taschentuch und hustete hinein. Ein lang festsitzender Schleimpropfen löste sich aus ihrer Kehle. Er leuchtete tiefgrün und wurde von den anwesenden Chorsängern umgehend in die Reliquiensammlung des Heiligtums vom Kim Yong überführt. »Das mit der Belüftung werden wir auch bald klären!«, sagte ein untergeordneter Mitarbeiter der Ausgrabung und verneigte sich dabei tief.

Die Oberpäpstin würdigte ihn mit keinem Blick. Wortlos erhob sie sich von ihrer mit blauen, grünen und roten Juwelen geschmückten Sänfte, setzte den Fuß auf den Boden und stand plötzlich neben Prof. Heger Hegdan. Dieser überragte sie glatt um zwei Köpfe. Respektvoll krümmte er sofort seinen Rücken um neunzig Grad. Dabei schielte er kurz auf ihre wohlgeformten Brüste. Ein Wagnis, dass ihm gut und gern den Tod hätte bringen können. Der geile Bock konnte sich einfach nicht zurückhalten – obwohl er ein sehr guter Wissenschaftler und eine weltweit anerkannte Kapazität in seinem Metier war. Zum Glück nuschelte er, so dass sein entsetzlicher Mundgeruch kaum wahrnehmbar war. Sprach er dagegen laut, überstieg dieser Geruch die Wahrnehmung seiner Laute spürbar. In großen Hörsälen kippte diese affektive Relationalität

---

48 Das Geschlecht wurde ausschließlich anhand des Penis' festgemacht. Da bei den Tier-Menschfiguren ein solcher nicht auffindbar war, hielt man die Skulpturen allesamt für Frauen.

allerdings wieder. Des Professors Gattin verweigerte ihm schon seit längerer Zeit den Beischlaf.[49]

Majestätisch schritt Oberpäpstin Etsuka Kazakri XI die prächtige Grotte ab. Dabei betrachtete sie ununterbrochen die Reliefs an den Wänden. Sie schien sehr beeindruckt zu sein, auch wenn sie versuchte, stets etwas skeptisch zu wirken. Der Professor hoffte bereits, als Folge ihrer offensichtlichen Begeisterung einen großen Geldsegen aus der päpstlichen Schatulle zu erhalten. Weitere Ausgrabungen in der Umgebung, so nahm er an, könnten dann zügig vorangetrieben werden. Doch die Pläne der Oberpäpstin gingen längst in eine andere Richtung.

Track

Plötzlich ertönte ein Schrei. Wie angewurzelt stand die kleine Tochter der Oberpäpstin vor der mittleren Wand. »Da, da!« Das Mädchen deutete mit ihrem Zeigefingerchen starr nach oben.

»Oh ja«, beruhigte sie Prof. Heger Hegdan, »das ist der sogenannte Track.« Eigentlich konnte er Kinder nicht ausstehen. Aber dieses Kind, das wusste er wohl, hat eine glorreiche Zukunft vor sich. Sanft und mild lächelte er das heilige Kind an, doch die Kleine ließ sich einfach nicht beruhigen. Sie schrie und schrie. Sie schrie wie am Spieß – ganz wie ein gewöhnliches Kind. Es ist furchtbar, so etwas feststellen zu müssen, dachte der Professor, dessen Welt kurz zusammenzubrechen drohte.

49 Vgl. Dr. Albert Hagen: Die Sexuelle Osphresiologie. Berlin 1906, S. 77 f.: »Nicht jedermann weiß, warum die Tochter Vincenzo Monti's nicht mit dem Grafen Perticari, ihrem Gatten in der selben Kammer schlafen konnte. (...) Der arme Graf hatte einen so stinkenden Atem, dass er das Zimmer verpestete, welches er bewohnte.«

Jetzt

Aber endlich sieht auch er, worauf das heilige Mädchen ununterbrochen mit dem Fingerchen deutet: Ein kaum wahrnehmbares,
fadendünnes Rinnsal rinnt langsam in Nacktschneckentempo
zwischen Tracks Beinen herunter. Eine zähfließende, grau-grüne
Masse. Seine Quelle liegt irgendwo in der Hose.

Wunder

»Ein Wunder ist geschehen!«, kreischte die Oberpäpstin und riss
ihr Kind brutal in die Höhe. Und alle im Raum versammelten
Menschen wiederholten schnell ihre Worte. Denn es steht geschrie-
ben: Die Oberpäpstin spricht nie. Aber falls sie doch spricht, dann
ist ein Wunder geschehen und alle Anwesenden müssen ihre
Worte mindestens fünfzigmal wiederholen. Andernfalls droht so-
fortige Hinrichtung.[50] »Ein Wunder ist geschehen!«, tönte es nun
vielfach aus der Grotte, »ein Wunder, ein Wunder!« Und die Luft
war erfüllt vom hellen Klang freudiger Stimmen und glockenhel-
lem Jubel.

Heiliges Wundersekret

Eilig reisten Delegationen der Tom-Yom-Kirche aus allen Regionen des Kontinents an, um Proben der zähflüssigen Substanz zu
entnehmen. Ununterbrochen redete der stolze Prof. Heger Hegdan
auf die Experten ein. Sie hatten so regelrecht Probleme, den recht
feinen Fischgeruch des Sekrets wahrzunehmen. Nach eingehender

50 Das Gesetz war zwar bis dato nie angewendet worden, gehört aber zu den
Grundregeln dieser Religion.

Prüfung stellten sie die ärztliche Wirksamkeit und Echtheit des Wunderwassers fest: Damit benetzt, konnten Gelähmte wieder gehen, Blinde wieder sehen, ja – fast alle inzwischen bekannten, neu gefundenen und entdeckten Krankheiten konnten restlos geheilt werden. Selbstverständlich nicht immer. Manche Menschen, verkündete die Tom-Yom-Kirche, seien leider so verdorben und von der Anlage ungeeignet, dass bei ihnen selbst dieses heilige Wundersekret keine Wirkung zeige. Der Ansturm auf die Menschtier-Grotte mit dem Wunderwasser stieg rasant an. Auf allen Fernsehkanälen und auf jeder Massenveranstaltung erzählte Augenzeuge Prof. Heger Hegdan von der Vision des Kindes der Päpstin. Schon bald entwickelte er sich zum überzeugten Anhänger und gnadenlosen Fanatiker der Tom-Yom-Kirche und wurde ihr allseits gefürchteter Pressesprecher. Jedem Menschen, der diese Kirche in Frage stellte, machte er das Leben fortan zur Hölle. Spenden leitete er an sein Forschungsprojekt weiter. Millionen Besucher aus den asiatischen Regionen strömten herbei. Doch dann stießen auch Menschen aus Amerika, Europa, Australien und der durch die Klimaveränderung dicht besiedelten Antarktis hinzu, die allesamt von dem Wunder gehört hatten. Die Tom-Yom-Kirche ließ nun, ganz in der Nähe der Grotte, eine riesige Fabrikhalle errichten. Dort wurde das Sekret nach homöopathischer Methode extremst verdünnt und für den weltweiten Vertrieb in kleine Fläschchen abgefüllt. Mit dem päpstlichen Siegel und einem Echtheitszertifikat versehen, eroberte das Tom Yom-Wunderwasser die Seelen und Körper der gesamten Menschheit.

Wertsteigerung

Ein Fläschchen des Wunderwassers kostete um die 894 Leftzen (das sind umgerechnet zum Euro-Kurs vom 13.4.2010 etwa 17.500 Euro). Im Laufe eines einzigen Jahres verkaufte die Tom-Yom-Kirche Wundertinkturen im Wert von 8.980.753.987.028 Leftzen. Zwar gab es Gerüchte, dass zahlreiche Fälschungen auf dem Markt kursierten. Es war sogar die Rede davon, dass das Wunderwasser mit Fischsoße gestreckt oder komplett künstlich hergestellt wurde, aus Hering und Makrele. Aber die heilende Kraft des heiligen Wassers erwies sich schließlich als so stark, dass niemand an diese Gerüchte glaubte. Natürlich, wie es immer ist, wenn etwas großen Erfolg hat: die Neider, Frustrierten und Missgünstigen sind sofort zur Stelle.

Fischsoße

So hatte ein Mann im Abfall gefälschte Quittungen von Großeinkäufen auf dem Hongkonger Fischmarkt gefunden. Diese wiesen darauf hin, dass die Tom-Yom-Kirche unglaubliche Menge Würzmittel auf dem Fischmarkt von Huoj-Loh-Baq geordert hatte. Ja, dass sie selbst aus Übersee, aus Europa Fischsoßen bezog, deren Haltbarkeitsdatum längst überschritten war. Aber letztlich konnte das alles nie bewiesen werden. Oberpäpstin Etsuka Kazakri XI konnte zumindest anhand diverser Quittungen ein zehngängiges Menü mit ihren engsten Vertrauten belegen: darunter Hähnchenspieße mit Sauerkraut und ein Rindfleischrisotto mit Kokosmilch und Fischsoße. Alles korrekt bezahlt laut der Belege.

»Wenn das wirklich Fälschungen gewesen wären, womit hätte ich sonst dieses wunderbare zehngängige Menü bezahlen können?«, verkündete Etsuka Kazakri XI, die keinen eigenen Besitz, geschweige denn ein persönliches Konto hatte. Das überzeugte.

Geburt der Kunst

Alles besteht, damit es vergeht. Auch die Tigerhaie, die einst vor Tasmanien herumschwammen. Längst ist das Tier aus den Ozeanen der Erde verschwunden. Die drei letzten Exemplare des Fisches wurden im Jahr 2074 vor Hawaii gefangen und von der Privatstiftung eines Pharmagiganten dem Berliner Naturkundemuseum geschenkt. Seitdem gilt die Spezies als ausgestorben. Der Tigerhai folgte dem Leuchtturm von Alexandria, den hängenden Gärten von Babylon und dem Koloss von Rhodos. Doch was ihn von allen diesen vergangenen Wundern unterscheidet, ist seine Unsterblichkeit. Denn im Gegensatz zu den verschwundenen Bauwerken des klassischen Altertums steigerte sich sein Wert von Jahrhundert zu Jahrhundert. Selbst als der Tigerhai sich auflöste, sein Körper zu tropfendem, übelriechendem Fischschleim gerann, erzielten seine Verwerter mit ihm Profit. Sogar noch mehr als in relativ frischem Zustand. Rechnet man nun den Profit aus, den der Tigerhai im Laufe des aktuell geschilderten Zeitraumes von über fünfhundertundsiebzig Jahren erzielte, so erhält man ein Millionenfaches der neun Millionen Pfund, die sein erster potenter Käufer, der Hedgefondsmanager, seinerzeit für ihn bezahlt hatte. Selbst dann, wenn man die immensen Restaurierungskosten von Aloysius Tong zu dessen Lebenszeiten berücksichtigt und vom Profit abzieht.

51 Anm.: Der Bankchef der GJK-HK-Bank, der Multimilliardär Abagodam Casenka, kaufte im Jahr 2016 die Immobilien eines gesamten Stadtviertels in Moskau und erklärte das Viertel anschließend zu einem Kunstwerk. Sein Plan, auf diese Weise als Konzeptkünstler mit dem »teuersten Kunstwerk der Welt« in die Kunstgeschichte einzugehen, scheiterte tragisch. Obwohl er ein Heer vormals arbeitsloser und schlechtverdienender Kunstkritiker und Journalisten damit beschäftigte, philosophische Gedanken über das mit 43 Milliarden Dollar bis

Das Gesamtbild änderte sich auch dann nur im Promillebereich. Im Jahr 2578 erzielten die Fläschchen mit dem Aufdruck *Hailwasser* bereits umgerechnet summa summarum 3.76.987.965.766.203. 629.954.945.654.104.673.936.610.234.667.097.630 Pfund, ein gigantischer, unvorstellbarer Betrag. Der Tigerhai von Kosmas wurde, ob es den Neidern und Missgünstigen nun gefällt oder nicht, zum mit Abstand profitabelsten, einträglichsten Kunstwerk der Welt. Es *ist* das teuerste Kunstwerk der Welt! Immer noch![51] In der Natur längst ausgestorben, kennen wir den Tigerhai heute nur noch aus alten Abbildungen. Der Tigerhai teilt sein Schicksal mit Wollnashorn, Höhlenbär, Säbelzahntiger, Riesenalk und Mammut – alle seit Urzeiten ausgestorben. Diese Tiere schmücken die Wände der eiszeitlichen Höhlen von Altamira und Lascaux. Sie schmücken jene Orte, in denen unser Urahn, der Homo sapiens sapiens, vor Zehntausenden von Jahren erstmals sein Feuer entfachte. Hier leben sie weiter, in den feuchten Geburtsstätten der Kunst.

ato teuerste Kunstwerk der Welt zu entwerfen, überschatteten Unruhen sein rsprüngliches Vorhaben. Mieter protestierten gegen unzumutbare Mieterhöungen und lösten schwere Unruhen aus. Niemand sprach mehr über ein Kunstwerk. Die von Abagodam Casenka finanzierten Medien konnten ihren Zuschaurn kaum mehr glaubhaft machen, es handele sich bei den übereuerten Bruchuden um Teile eines bedeutenden, einzigartigen Kunstwerkes.

Bildtafeln von Max Müller

Actiwel

(unbekannter Designer)

Café Deutschland

(nach einem Gemälde von Jörg Immendorff)

Cosmas und Damien

(nach dem Multiple von Joseph Beuys, 1974)

Sonnenblumen

(nach einem Gemälde von Vicent van Gogh, 1888)

Prä-Raphaelitisches Gemälde

(England, Mitte des 19. Jahrhunderts)

Der lebende Gunther von Hagens mit einem seiner Plastinate

(Pressefoto, 2006)

Skateborder

(nach Prof. Gunther von Hagens Plastinat von 2005)

Fountain

(nach dem verlorenen Original von Marcel Duchamp, 1917)

The Physical Impossibility of Death in
the Mind of Someone Living

(nach dem Objekt von Damien Hirst, 1991)

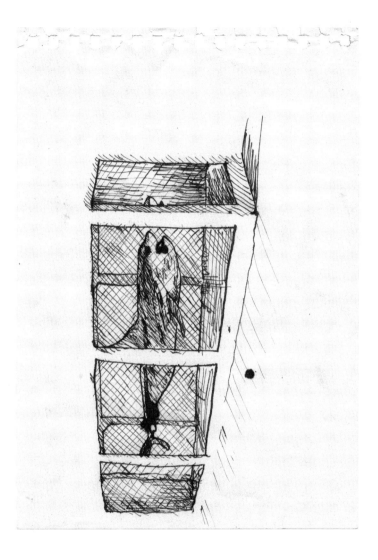

Rostocker Pfeilstorch

(nach dem Exponat aus der Sammlung der Universität
Rostock, 1822)

Mammut

(nach unbekanntem Steinzeitkünstler)

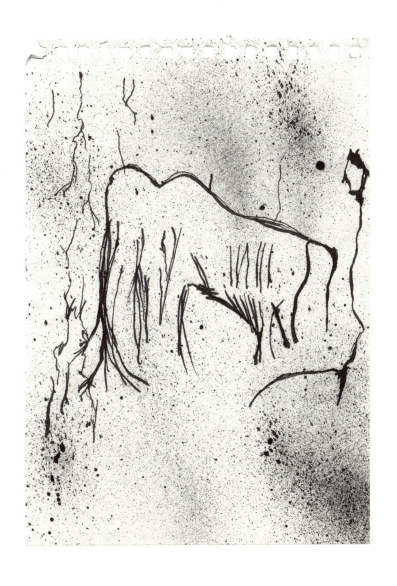

Wolfgang Müller (Hrsg.)

NEUE NORDWELT

192 Seiten
14 € / 28 SFr
ISBN: 3-935843-22-4

Von hohem historischem Interesse ist das neue
Buch des Islandspezialisten Wolfgang Müller.
Er wendet sich der »Neuen NortWelt« des
Universalgelehrten Hieronymus Megiser zu,
dem ersten größeren deutschen Druckwerk, in
dem ausführlich über Island, Grönland und die
Phantominsel Frißland berichtet wird. 1613 in
Leipzig erschienen, enthält es Texte von Blef-
ken, Arngrimur Jónsson und den Brüdern Zeni.
Übertragen in originaler Orthographie, sach-
kundig eingeleitet und kommentiert von Wolf-
gang Müller.

»Ich hab ein Isländer gesehen/der eine Ham-
burgische Tonnen voll Bier so leichtlich an den
Mund hielt/und daraus tranck/als wann er nur
ein Kannen hette in der Hand gehabt... Und
sie leben also viel Jahr ohn Arzney und Arzt.
Es erreichen ihre viel das 150. Jahr. Ich habe einen alten Mann gesehen / der sagte daß er damals schon 200. Jahr gelebet hette. Ja, Olaus
Magnus schreibet im 20. Buch / die Isländer leben 300. Jahr.«

Der Autor, Musiker und Künstler Wolfgang
Müller ist Präsident der Walther von Goethe
Foundation. Diese hat sich zur Aufgabe ge-
macht, die kulturellen und gesellschaftlichen
Beziehungen zwischen Island und Deutschland
zu erforschen und zu fördern.

VERBRECHER VERLAG

Nino Haratischwili

JUJA

Roman

ca. 350 Seiten

Hardcover

24 €

ISBN 978-3-940426-48-2

Beruhend auf einer wahren Geschichte stellt die erfolgreiche Theaterautorin Nino Haratischwili in ihrem ersten Roman die Frage nach Authentizität. Das Buch »Die Eiszeit« von Jeanne Saré wird in den Siebziger Jahren ein großer Verkaufserfolg, vor allem in feministischen Kreisen. Das hasserfüllte Buch der jugendlichen Selbstmörderin Saré animiert mehrere Leserinnen zum Suizid. Nun, in der Jetztzeit, macht sich eine Kunstwissenschaftlerin in Paris auf die Suche nach Saré. Was hat der Verleger des Buches, ein frauenhassender älterer Herr mit Saré zu tun? Wer war Jeanne Saré eigentlich? Warum gibt es keine Zeugnisse? Und wie konnte das Buch derart wirken? Nino Haratischwili verknüpft geschickt mehrere Erzählstränge in diesem Roman, und beschreibt auf schwindelerregende Weise, welche Bedeutung das Reale und das Irreale für das soziale Leben haben können.

Nino Haratischwili, geboren 1983 in Tiflis, Georgien. Von 2000 bis 2003 studierte sie Filmregie an der Staatlichen Schule für Film und Theater in Tiflis. 2007 folgte ein Regiestudium an der Theaterakademie Hamburg. Nino Haratischwili schreibt Prosatexte und Stücke in deutscher Sprache. Sie lebt als freie Regisseurin und Autorin in Hamburg.

»Nino Haratischwili ist eine begabte Geschichten-Erzählerin. Ihr gelingen dichte, berührende Momente.« Hamburger Morgenpost

VERBRECHER VERLAG

Ronald M. Schernikau

KÖNIGIN IM DRECK

Texte zur Zeit

304 Seiten
Broschur
15 € (30 SFr)

ISBN: 978-3-940426-34-5

Dieses Buch versammelt erstmals Beiträge von Ronald M. Schernikau für Zeitungen, Journale und Anthologien. Zeittexte – Reportagen, Gedichtinterpretationen, Berichte, Glossen, Interviews –, die nach wie vor brennenden Fragen nachgehen: Wieso sind die Schlager der DDR so gut? Was macht ein revolutionärer Künstler ohne Revolution? Ficken mit AIDS? Das Besondre am Sonett? Wie wird ein Brötchen ein Brötchen im Sozialismus? Wofür verkaufe ich mich eigentlich, wie gehe ich mit Größe durch den Schund der Zeit? Die umfassende Auswahl belegt noch am kleinsten Text Schernikaus Zugriff: Leben ohne Haltung, Kunst ohne Politik wird nicht zu haben sein.